Grimms Märchen aus
Mecklenburg-Vorpommern

Helmut Borth (Hrsg.)

Grimms Märchen

aus Mecklenburg-Vorpommern

edition federchen
Steffen Verlag

Die Märchentexte – ausgenommen die hochdeutschen Versionen der Märchen »Vom Fischer und seiner Frau«, »Vom Wacholderbaum« und »Häsichenbraut« – entsprechen den Originaltexten der Erstveröffentlichungen in den Kinder- und Hausmärchen der Gebrüder Grimm zwischen 1812 und 1840 und werden hier unverändert wiedergegeben. Die Frakturschrift wurde durch eine Antiquaschrift ersetzt.

Inhaltsverzeichnis

Die dänische Malerin Elisabeth Jerichau-Baumann porträtierte die Brüder Jacob und Wilhelm Grimm 1855.

Märchenhaftes Mecklenburg-Vorpommern

Vorwort

Mecklenburg-Vorpommern ist wahrlich zauberhaft, sagenhaft, traumhaft, ja märchenhaft schön. Das sagen Einheimische wie Urlauber gleichermaßen und loben die einzigartige Natur und die Warmherzigkeit des hiesigen Menschenschlages in den höchsten Tönen. Das Land hinterm Meeresstrand ist aber nicht nur im übertragenen Sinn des Wortes märchenhaft. Unter den Geschichten, die die Brüder Grimm in ihren »Kinder- und Hausmärchen« überlieferten, haben sie mehr als ein Dutzend aus Quellen geschöpft, die in Mecklenburg bzw. Vorpommern sprudelten.

Märchen lassen sich im Gegensatz zu vielen ihrer kleineren Geschwister, den Sagen, nicht lokalisieren. Ihre Welt ist weder mit Google Maps noch auf einer herkömmlichen Landkarte zu finden. Und dennoch ist es schön zu wissen und erfüllt es mit Stolz, sagen zu können, dass Aschenputtel, Brüderchen und Schwesterchen oder der Fischer und seine Frau im Mecklenburgischen bzw. Pommerschen ein Zuhause gehabt haben sollen und dass auch das blaue Licht einst hierzulande leuchtete. Wenngleich Märchen und Sagen eine Reihe von Unterschieden aufweisen, so gehören sie doch wie Brüderchen und Schwesterchen zusammen, was sagenhaft und märchenhaft ebenfalls zu Geschwistern macht. Das wird auch an zahlreichen Flurnamen bzw. Landschaftselementen deutlich. Eine ganze Reihe großer Findlinge trägt beispielsweise den Namen »Teufelsstein« bzw. wird mit dem Gehörnten in Verbindung gebracht. Manche sollen als dessen Wurfgeschoss gedient, aber nie ihr Ziel getroffen haben. Ähnlich sieht es bei Bäumen aus. Es gibt Elendseichen, Wundereichen, Streiteichen, Königseichen oder auch die Ivenacker – in Eichen verwandelte Nonnen.

Märchen und Sagen haben ihren Ursprung im Volk. Die unterschiedliche Aufnahme einer Erzählung durch das Volk macht aus ihr entweder eine Sage oder ein Märchen. Die Sage hat in der Regel einen konkreten lokalen bzw. regionalen Hintergrund. Märchen, die im Volk erzählt wurden, haben im Verlauf der Zeit diese Bezüge Stück für Stück verloren und kennen längst nicht einmal mehr nationale Grenzen. Sie sind in den unterschiedlichsten Varianten und Kulturkreisen verbreitet. Dies erklärt, dass die mecklenburgischen Quellen der Märchen keinesfalls auf einen mecklenburgischen Ursprung deuten, ja noch nicht einmal auf einen deutschen. Und vielleicht ist das auch die Antwort auf die Frage, warum die Grimms nie von deutschen Kinder- und Hausmärchen sprachen. Durch die Neuerzählung der von ihnen zusammengetragenen Märchen in Hochdeutsch und aus verschiedenen Mundarten und Varianten heraus haben sie in den meisten Fällen die regionalen Spuren getilgt. Bis auf wenige Ausnahmen. Beispiele dafür sind die niederdeutsch überlieferten Märchen »Häsichenbraut«, »Van den Fischer und sine Fru« und »Van den Machandelboom«. Letztere sind zwei Märchen, die der 1777 in Wolgast geborene Maler Philipp Otto Runge »in der pommerschen Mundart trefflich aufgeschrieben«[1] hat. Runge hatte die beiden in Platt verfassten Erzählungen, von denen die Geschichte vom Fischer und seiner habgierigen Frau damals schnell als Satire auf den Machthunger Napoleons und den seiner Familie verstanden wurde, Clemens Brentano zugeschickt. Der arbeitete mit seinem Schwager Achim von Arnim an »Des Knaben Wunderhorn« und sammelte, durch diese Arbeit angeregt, spätestens seit 1805, Märchen. Die Grimms gehörten seit 1806 zu den Helfern und Unterstützern. 1809 bat er Wilhelm Grimm um »einige Kindermärchen«.[2]

Arnim, der mit den Runge-Geschichten, zumindest mit dem Märchen vom Machandelbaum, schon im Juli 1808[3] gearbeitet hatte, schickte den Brüdern Grimm die Märchen als Vorlage für ihre Sammlertätigkeit. 1810 erkundigte sich Brentano bei den Grimms nach ihren Nachforschungen. Am 25. Oktober sandten sie ihm einen großen Teil ihrer Sammlung. Doch der Auftraggeber ließ kaum etwas von dem Material in seine Arbeit einfließen. Im Frühjahr 1811 erhielt Brentano einen weiteren Brief mit gesammelten Märchen. Aber der Dichter blieb selbst ein einfaches Dankeschön als Antwort schuldig, was zu einem Zerwürfnis zwischen den Brüdern Grimm und Clemens Brentano geführt haben soll. Arnim schien die Wogen glätten zu wollen, indem er die zwei Freunde zum Weitersammeln anregte. Immerhin hatten sie schon mindestens 54 Märchen zusammengetragen. Achim von Arnim half, indem er einen Kontakt zu seinem eigenen

Verleger, das war der gebürtige Greifswalder Georg Andreas Reimer in Berlin, herstellte.

Zum Jahresende 1812 veröffentlichten Jacob und Wilhelm Grimm bei Reimer den ersten Band der Kinder- und Hausmärchen. Dieser erschien in einer Startauflage von 900 Exemplaren und beinhaltete insgesamt 86 Märchen sowie einen wissenschaftlichen Anhang. Letzterer war vor allem Jacob Grimm sehr wichtig. 1815 folgte der zweite Band mit 70 weiteren Geschichten. Damit belief sich die Gesamtzahl der Märchen auf 156. Nach einer sprachlichen Überarbeitung durch Wilhelm Grimm – Jacob hatte sich der Arbeit an einem Wörterbuch zugewandt – wurden beide Märchenbände um einige Texte ergänzt und 1819 bei Georg Andreas Reimer neu aufgelegt. Mit jeder zu den Lebzeiten der Brüder Grimm erschienenen Auflage kamen weitere Märchen, auch mecklenburgische, hinzu. Als 1857 die letzte von den Grimms selbst bearbeitete Auflage erschien, umfasste ihre Sammlung 200 vollständige Märchen und zehn Kinderlegenden sowie acht als Bruchstücke überlieferte Märchen und zwei aus Volksliedern gezogene Fragmente.

Die Märchensammlung der Brüder Grimm reifte mit den Jahren und Jahrzehnten. Brauchte es drei Jahre, um die erste Auflage des ersten Bandes zu verkaufen – ein Teil soll sogar eingestampft worden sein – so gelten Grimms Märchen heute als das meist verlegte, verkaufte und gelesene deutschsprachige Buch. Die Bibel einmal ausgenommen.

Zum Erfolg des Märchenbuches beigetragen haben der ständige Austausch der Märchen und die fortwährende

Ergänzung der Sammlung sowie die nie enden wollende sprachliche Bearbeitung der Märchen vor allem durch Wilhelm Grimm. Sein Suchen nach dem echten ursprünglichen volkstümlichen Ton der Geschichten schuf erst die noch heute so eingängig klingende Märchensprache. Wilhelm Grimm fügte Redensarten in die Märchen ein. Er orientierte sich an dem im Volk gesprochenen Deutsch, das sich stark von der kunstvollen Sprache der Schriftsteller unterschied, die kunstvolle (Kunst-)Märchen schrieben. Wilhelm Grimm (er-)fand einen einfachen Märchenstil. Ihre große Bekanntheit erlangten die Kinder- und Hausmärchen aber nicht durch die großen Ausgaben, sondern durch die »Kleine Ausgabe«, die 1825 erstmals publiziert wurde, und die Tatsache, dass keine einzige Ausgabe der anderen glich. Die kleine Ausgabe enthielt die 50 bekanntesten Texte und wurde vom dritten Bruder Grimm, Ludwig Emil, bunt illustriert und zu einem erschwinglichen Preis unter das Volk gebracht. Diese Ausgabe, die auch fünf Geschichten mit mecklenburgischen Quellen enthielt, wurde ein echter Bestseller.

Von Philipp Otto Runge stammen die ersten zwei Märchen aus hiesigen Gefilden in der Sammlung der Grimms, die diese 1809 erhielten.

Im Dezember 1812 übermittelte Georg Friedrich Fallenstein den Brüdern Grimm mit der »Häsichenbraut« ein niederdeutsch verfasstes Märchen, das er von einer Bäuerin »bei Buckow im Wendenlande« gehört hatte. Wilhelm Grimm deutete das Wendenland als Mecklenburg, zumal das Märchen zum größten Teil in Niederdeutsch geschrieben war. Ein Buckow gab und gibt es hingegen nicht in Mecklenburg und Vorpommern. Mecklenburg kann nur mit der Kleinstadt Neubukow zwischen Rostock und Wismar aufwarten sowie mit einem Dorf Altbukow, fünf Kilometer westlich von Neubukow. Dafür gibt es sieben Buckows im Brandenburgischen, einen gleichnamigen Stadtteil im Berliner Bezirk Neukölln und ein Bokowo, bis Ende 1937 Wendisch Buckow, in der heutigen polnischen Woiwodschaft Westpommern. In der gleichen Woiwodschaft liegt darüber hinaus das Dorf Bukowo Morskie, das in der Zeit seiner Zugehörigkeit zu Deutschland Seebuckow hieß. Der Volkskundler, Literaturprofessor und Märchenspezialist Heinz Rölleke geht davon aus, dass Fallenstein das Märchen dort gehört hat.

Um bei der Quelle zu bleiben, Buckow ist ein slawischer Ortsname, der sich vom Wort »Buk«, das heißt Buche, herleitet.

1812 erhielt Georg Friedrich Fallenstein eine Anstellung in Beeskow bei Frankfurt an der Oder. Das liegt rund 400 Kilometer entfernt vom früheren Seebuckow des Märchenpapstes Rölleke, aber nur 60 Kilometer von Buckow in der Märkischen Schweiz bzw. zehn Kilometer vom Ortsteil Buckow der heutigen Gemeinde Rietz-Neuendorf. Und dieses Buckow gehört zur Niederlausitz, wo sich die »Ureinwohner« in Abgrenzung zu den sächsischen Sorben der Oberlausitz noch heute als Wenden bezeichnen. Es ist also ein Buckow im Wendenland. Vielleicht sogar das gesuchte Buckow, was für Mecklenburg zwar zu bedauern wäre, aber noch ist Grimms Aussage nicht eindeutig widerlegt.

Am 20. Dezember 1813 schrieb der Freiherr August Franz von Haxthausen einen Brief an die Brüder Grimm. Sein »Weihnachtsgeschenk« war das Märchen »Die Krähen«, das er von einem Mecklenburger Kameraden gehört hatte. »Als ich vor 14 Tagen ohngefähr auf Vedettenposten[4] des Nachts stand, musste mir mein Nebenmann Märchen erzählen, wovon ich euch das beiliegende aufgeschrieben, 3 Tage darauf wurde der Erzähler in einem Treffen bei Kluvensiek gerade hinter mir erschossen, daher mir dies Märchen sehr merkwürdig.« Der aus Mecklenburg stammende Märchenerzähler ist danach am 10. Dezember 1813 knapp 20 Kilometer westlich von Kiel im Schleswig-Holsteinischen in einem Gefecht bei Sehestedt zwischen den an der Seite Frankreichs kämpfenden Dänen und einem alliierten antinapoleonischen Korps gefallen.

Interessant im Zusammenhang mit dem durch Haxthausen überlieferten Mecklenburger Märchen »Die Krähen« ist der mecklenburgische Ortsname Krakow am See. Die reizvoll gelegene Kleinstadt Krakow leitet ihren Namen selbst vom slawischen Wort »Kraca« her, was für Krakow den Namen Krähenort ergeben würde. Eigentlich ist das ja kein schöner Name, aber: »As uns Herrgott de Welt erschaffen ded, fung hei bi Meckelnborg an«, fasste Fritz Reuter die Urgeschichte zusammen und verortete das Paradies samt Adam und Eva bei Güstrow, eben in Krakow am See. Und dieses Krakow war im Mittelalter Sitz der Fürstenlinie Werle-Güstrow, wo ein alter rechtschaffender Soldat durchaus eine »Königstochter« wie im Krähen-Märchen hätte heilen können.

Ein weiterer Lieferant Mecklenburger Märchen für die Brüder Grimm war der in Rostock geborene Altertumsforscher Hans-Rudolf von Schröter. Von ihm sollen die Märchen »Von einem der auszog, das Fürchten zu lernen«, »Das Mädchen ohne Hände«, »Die weiße und schwarze Braut«, »Die Schlickerlinge«, »Aschenputtel« und »Brüderchen und Schwesterchen« stammen. Von Schröter studierte in Göttingen und Jena Mathematik, Geschichte und neuere Literatur. Im September 1816 soll er während des Studiums Wilhelm Grimm kennen gelernt und ihm eine Zuarbeit versprochen haben. Die erste vom 16. April 1817 kam aus Jena. Im Begleitbrief kündigte der junge Mecklenburger eine weitere Sendung Märchen an, die zum Teil bereits gedruckte ergänzen, aber auch ganz neue und einige Rätselmärchen enthalten würde. Die meisten wären in Plattdeutsch, so wie er sie gehört habe. Dieser Brief, aus dem auch die Bekanntschaft Hans-Rudolf von Schröters mit August von Haxthausen bekannt wird, deutet darüber hinaus auf eine ganze Sammlung mecklenburgischer Märchen durch den Sohn eines Rittergutbesitzers bei Güstrow. In einem weiteren Brief aus dem August 1820 ist direkt die Rede von einer »handschriftlichen Sammlung von Sagen und Märchen«.[5] Die aber gilt als verschollen bzw. als noch nicht wieder aufgefunden.

Hundertprozentig lässt sich die Quelle der Mecklenburger Märchen »Der Zaunkönig«, »Die Scholle« und »Rohrdommel und Wiedehopf« zuordnen. Die Grimms, zu diesem Zeitpunkt eigentlich nur Wilhelm, haben die Erzählungen durch Georg Christian Friedrich Lisch (1801–1883), Mecklenburgs Humboldt und einer der wichtigsten deutschen Historiker des 19. Jahrhunderts, erhalten. Lisch war Vorsitzender des Vereins für mecklenburgische Geschichte und Altertumskunde und hatte 1840 im fünften Jahrgang der Jahrbücher des Vereins 15 von Johann Jacob Nathanael Mussäus aufgeschriebene Volksmärchen aus Mecklenburg veröffentlicht. Damit ehrte der Vereinsvorsitzende ein »eifriges Vereinsmitglied« und wahrte dessen Andenken. Der Pastor aus Hanstorf bei Bad Doberan war 1839 verstorben. Wilhelm Grimm bearbeitete die ersten drei Märchen der Sammlung, die im Original »Die Königswahl unter den Vögeln«, »Die Königswahl unter den Fischen« und »Die Kuhhirten« heißen, und nahm sie unverzüglich in die 4. Große Ausgabe der Kinder- und Hausmärchen von 1840 auf.

Während bei den Grimms ab 1840 drei der Mussäus-Märchen zu finden sind, hat mit Ludwig Bechstein ein weiterer großer Märchensammler 1856 acht dieser Mecklenburger Volksmärchen bearbeitet in seine Sammlung übernommen.[6]

1866 wandte sich der Rostocker Professor Dr. Karl Bartsch mit einer Idee und Bitte an Georg Friedrich Lisch. Im Januar 1867 starteten beide gemeinsam einen Aufruf namens des Vereins, Sagen, Märchen und Gebräuche der Heimat zu sammeln. Der Aufruf stieß auf offene Ohren und die Sammlung wuchs. Ein weiteres Wachsen wurde allerdings durch die Versetzung von Karl Bartsch nach Heidelberg unterbrochen. Bartsch schrieb an Lisch, dass er die handschriftliche Sammlung als ein »heiliges

Vermächtnis aus Mecklenburg« mitnehme und veröffentlichen werde, sobald es seine Verhältnisse gestatteten.[7] Karl Bartsch hat Wort gehalten. 1878 und 1880 sind in Wien zwei Bände »Sagen, Märchen und Gebräuche aus Mecklenburg« erschienen.

Bartsch hatte 1851 Vorlesungen bei Wilhelm Grimm in Berlin gehört und war später mit den Brüdern in Briefwechsel getreten. 1858 war Karl Bartsch als Professor für deutsche Sprache und Literatur nach Rostock berufen worden, wo er bis Ostern 1871 als Germanist und Romanist Vorlesungen hielt und am 11. Juni 1858 das erste germanistische Seminar in Deutschland begründete. Zweimal wurde Karl Bartsch zum Rektor gewählt. Als solcher durfte er am 12. März 1867 die Festrede zur Grundsteinlegung der neuen Universität halten. Dann wurde er als Professor für germanistische und romanische Philologie an die Universität Heidelberg berufen, wo er bis zu seinem Tod 1888 lehrte. Bartsch starb kurz vor seinem 56. Geburtstag. So wie Ludwig Bechstein hat auch Bartsch eine Reihe von Mussäus-Märchen in seine 38 Märchen und 653 Sagen umfassende Sammlung aufgenommen, das Märchen von den Kuhhirten allerdings schon in der Bearbeitung von Wilhelm Grimm, nämlich als »Rohrdommel und Wiedehopf«.

Auch beim Gründer der mecklenburgischen Volkskunde und einem der Väter der deutschsprachigen Volkskunde, dem gebürtigen Tessiner Richard Wossidlo, dürfte man alle bis Karl Bartsch veröffentlichten Mecklenburger Märchen wieder finden. Im Gegensatz zu den Brüdern Grimm, die nur behaupteten, sie seien durch das Land gezogen und hätten dabei die Märchen aufgeschrieben, war Wossidlo ein echter Feldforscher. Er zog wirklich über die Dörfer und notierte sich auf mehr als zwei Millionen Zetteln, was er wo, wann und wie gehört hatte. Unter diesen Aufzeichnungen befinden sich mehr als 30 000 Sagen und 2000 Märchen. Sein an der Universität Rostock gepflegtes Archiv ist online für jedermann verfügbar. Aufgrund des Pilotcharakters ist das System noch nicht völlig ausgereift und wird fortwährend korrigiert, erweitert und optimiert. Einsehbar sind zurzeit über zwei Millionen digitale Kopien zumeist handschriftlicher Dokumente. Eine gute Grundlage für ein großes Mecklenburger Volksmärchenbuch!

Märchen

Märchen von einem, der auszog, das Fürchten zu lernen.

1812

Ein Vater hatte zwei Söhne, davon war der älteste klug und gescheidt und wußte sich in alles wohl zu schicken, der jüngste aber war dumm, konnte nichts begreifen und lernen und wenn ihn die Leute sahen, sprachen sie: »mit dem wird der Vater noch seine Last haben!« Wenn nun etwas zu thun war, so mußte es der älteste allzeit ausrichten; hieß ihn aber der Vater noch spät oder gar in der Nacht etwas holen und der Weg ging dabei über den Kirchhof oder sonst einen schaurigen Ort, so antwortete er wohl »ach, Vater es gruselt mir!« denn er fürchtete sich. Oder wenn Abends beim Feuer Geschichten erzählt wurden, wobei einem die Haut schaudert, so sprachen die Zuhörer manchmal: »ach, es gruselt mir!« Der jüngste saß in einer Ecke und hörte das mit an und konnte nicht begreifen, was es heißen sollte. »Immer sagen sie: es gruselt mir! es gruselt mir! Mir gruselts nicht; das wird wohl eine Kunst seyn, von der ich auch nichts verstehe.«

Nun geschah es, daß der Vater einmal zu ihm sprach: »hör du in der Ecke dort, du wirst groß und stark und mußt auch etwas lernen, womit du dein Brod verdienst. Siehst du, wie sich dein Bruder Mühe giebt, aber an dir ist Hopfen und Malz verloren.« »Ei Vater, antwortete er, ich will gern was lernen; ja, wenns anging, so möchte ich lernen, daß mirs gruselte, davon verstehe ich noch gar nichts.« Der Aelteste lachte, als er das hörte und dachte bei sich: »du lieber Gott, was ist mein Bruder ein Dummbart, aus dem wird mein Lebtag nichts; was ein Häkchen werden will muß sich bei Zeiten krümmen.« Der Vater seufzte und antwortete ihm: »das Gruseln, das sollst du schon noch lernen, aber dein Brod wirst du damit nicht verdienen.«

Bald darnach kam der Küster zum Besuch ins Haus, da klagte ihm der Vater seine Noth und erzählte, wie sein jüngster Sohn in allen Dingen so schlecht beschlagen wäre, er wisse nichts und lerne nichts. »Denkt euch, als ich ihn gefragt, womit er sein Brot verdienen wolle, hat er gar verlangt, das Gruseln zu lernen! »Ei, antwortete der Küster, das kann er bei mir lernen, thut ihn nur zu mir, ich will ihn schon abhobeln.« Der Vater war es zufrieden, weil er dachte, der Junge wird doch ein wenig abgehobelt, und der Küster nahm ihn zu sich ins Haus, und er mußte ihm die Glocke läuten. Nach ein paar Tagen weckte er ihn um Mitternacht, hieß ihn aufstehn, in den Kirchthurm steigen und läuten. »Da wirst du schon lernen, was Gruseln ist« dachte er, doch um ihm noch einen rechten Schrecken einzujagen, ging er heimlich voraus und stellte sich ins Schallloch[1], da sollte der Junge meinen, es wär ein Gespenst. Der Junge stieg ruhig den Thurm hinauf, als er oben hinkam, sah er eine Gestalt im Schalloch. »Wer steht dort?« rief er, aber es regte und bewegte sich nicht. Da sprach er: »was willst du hier in der Nacht? mach, daß du fortkommst, oder ich werf dich hinunter.« Der Küster dachte, es wird so arg nicht gemeint seyn, schwieg und blieb unbeweglich stehn; da rief ihn der Junge zum drittenmal an, und als er immer keine Antwort erhielt, nahm er einen Anlauf und stieß das Gespenst hinab, daß es Hals und Bein brach. Darauf läutete er die Glocke und wie das geschehn war, stieg er wieder hinab, legte sich ohne ein Wort zu sprechen ins Bett und schlief fort. Die Küsterfrau wartete auf ihren Mann lange Zeit, aber der kam immer nicht wieder, da ward ihr endlich Angst, daß sie den Jungen weckte und fragte: »weißt du nicht, wo mein Mann geblieben ist? er ist mit auf den Thurm gestiegen.« »Nein, antwortete der Bub, aber da hat einer im Schallloch gestanden, und weil er nicht weggehn und keine Antwort geben wollte, so habe ich ihn hinunter geschmissen; geht einmal hin, so werdet ihr sehen, ob ers ist.« Die Frau eilte voll Angst auf den Kirchhof und fand ihren Mann todt auf der Erde liegen.

Da lief sie schreiend zu dem Vater des Jungen und weckte ihn und sprach: »ach was hat euer Taugenichts für ein Unglück angerichtet, meinen Mann hat er zum Schallloch hinunter gestürzt, daß er todt auf dem Kirchhof liegt!« Der Vater erschrack, kam herbei gelaufen und schalt den Jungen: »was sind das für gottlose Streiche! die muß dir der Böse eingegeben haben!« »Ei Vater, antwortete er, ich bin ganz unschuldig; er stand da in der Nacht, wie einer der Böses vor hat, ich wußte nicht wers war, ich habs ihm ja dreimal voraus gesagt, warum ist er nicht weggegangen.« »Ach, sprach der Vater, mit dir erleb ich nur Unglück, geh mir vor den Augen weg, ich will dich nicht mehr ansehn.« »Ja, Vater, recht gern, wartet nur bis Tag ist, da will ich ausgehn und das Gruseln lernen, so versteh ich doch auch eine Kunst, die mich ernähren kann.« »Lerne was du willst, sprach der Vater, mir ist alles einerlei, da hast du funfzig[2] Thaler, damit geh mir aus den Augen und sag keinem Menschen, wo du her bist und wer dein Vater ist, denn ich muß mich deiner schämen.« »Ja, Vater, wie ihrs haben wollt, wenn ihr nicht mehr verlangt, das kann ich leicht in Acht behalten.«

Als nun der Tag anbrach, steckte der Junge seine funfzig Thaler in die Tasche, ging hinaus auf die große Landstraße und sprach immer vor sich hin: »wenn mirs nur gruselte! wenn mirs nur gruselte!« Da ging ein Mann neben ihm, der hörte das Gespräch mit an und als sie ein Stück weiter waren, daß man den Galgen sehen konnte, sagte er zu dem Jungen: »siehst du, dort ist der Baum, wo siebene[3] mit des Seilers Tochter Hochzeit gehalten[4] haben, setz dich darunter und wart bis die Nacht kommt, so wirst du schon das Gruseln lernen.« »Wenn weiter nichts dazu gehört, antwortete der Junge, das will ich gern thun, lern ich aber so geschwind das Gruseln, so sollst du meine funfzig Thaler haben, komm nur Morgen früh wieder zu mir.« Da ging der Junge zu dem Galgen und setzte sich darunter und wartete bis der Abend kam. Und weil ihn fror, machte er sich ein Feuer an, aber um Mitternacht ging der Wind so kalt, daß er trotz des Feuers nicht warm werden wollte. Und als der Wind die Gehenkten gegen einander stieß, daß sie sich hin und her bewegten, da dachte er: du frierst unten bei dem Feuer, was mögen die da oben erst frieren und zappeln. Und weil er mitleidig war, legte er die Leiter an, stieg hinauf, knüpfte einen nach dem andern los und holte sie alle siebene herab. Darauf schürte er das Feuer und blies es an und setzte sie herum, daß sie sich wärmen sollten. Aber sie saßen da und regten sich nicht und das Feuer ergriff ihre Kleider. Da sprach er: »nehmt euch in Acht, sonst häng ich euch wieder hinauf.« Die Todten aber hörten nicht, schwiegen und ließen ihre Lumpen fort brennen. Da ward er bös und sprach: »wenn ihr nicht Acht geben wollt, so kann ich euch nicht helfen, ich will nicht mit euch verbrennen, und hing sie nach der Reihe wieder hinauf. Nun setzte er sich zu seinem Feuer und schlief ein und am andern Morgen, da kam der Mann zu ihm, wollte die funfzig Thaler haben und sprach: nun, weißt du was gruseln ist?« »Nein, antwortete er,« »woher sollt ichs wissen? die da droben haben das Maul nicht aufgethan und waren so dumm, daß sie die paar alten Lappen, die sie am Leib haben, brennen ließen.« Da sah der Mann daß er die funfzig Thaler heute nicht davon tragen würde und ging fort und sprach: so einer ist mir noch nicht vorgekommen.«

Der Junge ging auch seines Weges und fing wieder an vor sich hin zu reden: ach, wenn mirs nur gruselte! ach wenn mirs nur gruselte! Das hörte ein Fuhrmann, der hinter ihm her schritt und fragte: »wer bist du?« »Ich weiß nicht« antwortete der Junge. Der Fuhrmann fragte weiter: »wo bist du her?« »Ich weiß nicht.« »Wer ist dein Vater?« »Das darf ich nicht sagen.« »Was brummst du so in den Bart hinein?« »Ei, antwortete der Junge, ich wollte, daß mirs gruselte; aber niemand kann mirs lehren.« Laß das dumme Geschwätz, sprach der Fuhrmann, komm, geh mit mir, ich will sehn, daß ich dich unterbringe.« Nun ging der Junge mit dem Fuhrmann;

Abends gelangten sie zu einem Wirthshaus, wo sie übernachten wollten, da sprach er beim Eintritt in die Stube wieder ganz laut: »wenn mirs nur gruselte! wenn mirs nur gruselte!« Der Wirth der das hörte, lachte und sprach: »wenn dich darnach lüstet, dazu sollte hier wohl Gelegenheit seyn.« »Ach schweig stille, sprach die Wirthsfrau, so mancher vorwitzige hat schon sein Leben eingebüßt, es wäre Jammer und Schade um die schönen Augen, wenn die das Tageslicht nicht wieder sehen sollten.« Der Junge aber sagte: »wenn es noch so schwer ist, ich wills einmal lernen, dazu bin ich ja ausgezogen.« Er ließ dem Wirth auch keine Ruhe, bis dieser erzählte, nicht weit davon stände ein verwünschtes Schloß, worin einer wohl lernen könnte was gruseln wäre, wenn er drei Nächte darin wachen wollte. Der König hätte dem, ders wagen wollte, seine Tochter zur Frau versprochen und die wäre die schönste Jungfrau, welche die Sonne beschien; in dem Schloß steckten große Schätze von Geistern bewacht, die würden dann frei. Schon viele wären wohl hinein, aber noch keiner wieder heraus gekommen. Da ging der Junge am andern Morgen vor den König und sprach: »wenns erlaubt wäre, so wollte ich wohl drei Nächte in dem verwünschten Schloß wachen?« Der König sah ihn an und weil er ihm gefiel, sprach er: »du darfst dir noch dreierlei ausbitten, aber von leblosen Dingen, das du mit ins Schloß nimmst.« Da antwortete er: »so bitt ich um ein Feuer, eine Drehbank und eine Schnitzbank mit dem Messer.«

Der König ließ ihm das alles bei Tag in das Schloß tragen, als es Nacht werden wollte, ging der Junge hinauf, machte sich in einer Kammer ein helles Feuer an, stellte die Schnitzbank mit dem Messer daneben und setzte sich auf die Drehbank. »Ach wenn mirs nur gruselte, sprach er, aber hier werd ichs auch nicht lernen.« Gegen Mitternacht wollt er sich sein Feuer einmal aufschüren, wie er so hinein blies, da schries plötzlich aus einer Ecke: »au, miau! was uns friert!« »Ihr Narren, rief er, was schreit ihr? wenn euch friert, kommt, setzt euch ans Feuer und wärmt euch.« Und wie er das gesagt hatte, kamen zwei große schwarze Katzen in einem gewaltigen Sprunge herbei und setzten sich ihm zu beiden Seiten und sahen ihn mit ihren feurigen Augen ganz wild an. Ueber ein Weilchen, als sie sich gewärmt hatten, sprachen sie: »Kammerad, wollen wir eins in der Karte spielen?« »Ja, antwortete er, aber zeigt einmal eure Pfoten her;« da streckten sie die Krallen aus. »Ei, sagt er, was habt ihr lange Nägel! wartet, die muß ich euch erst abschneiden.« Damit packte er sie beim Kragen, hob sie auf die Schnitzbank und schraubte ihnen die Pfoten fest. »Euch hab ich auf die Finger gesehen, sprach er, da vergeht mir die Lust zum Kartenspiel,« und schlug sie todt und warf sie hinaus ins Wasser. Als er aber die zwei zur Ruhe gebracht und sich wieder zu seinem Feuer setzen wollte, da kamen aus allen Ecken und Enden schwarze Katzen und schwarze Hunde an glühenden Ketten, immer mehr und mehr, daß er sich nicht mehr bergen[5] konnte: die schrien gräulich, traten ihm auf sein Feuer, zerrten es auseinander und wollten es ausmachen. Das sah er ein Weilchen ruhig mit an, als es ihm aber zu arg ward, faßte er sein Schnitzmesser: »ei, du Gesindel! fort mit dir! und hieb hinein.

Ein großer Theil sprang fort, die andern schmiß er todt und trug sie hinaus in den Teich. Als er wieder gekommen war, blies er aus den Funken sich sein Feuer frisch an und wärmte sich. Und als er so saß wollten ihm die Augen nicht länger offen bleiben und er bekam Lust zu schlafen. Da blickte er um sich und sah in der Ecke ein großes Bett, ging und legte sich hinein. Als er aber die Augen eben zu thun wollte, so fing das Bett von selbst an zu fahren und fuhr im ganzen Schloß herum. »Recht so, sprach er, nur besser zu.« Da fing das Bett an zu fahren, als wären sechs Pferde vorgespannt, fort über Schwellen und Treppen auf und ab! hopp; hopp! warf es um, das unterste zu oberst, und er lag mitten drunter. Da schleuderte er Decken und Kissen in die Höhe, stieg heraus und sagte: »nun mag fahren, wer Lust hat!« legte sich an sein Feuer und schlief bis es Tag war. Am Morgen kam der König und als er ihn da auf der Erde liegen sah, meinte er, die Gespenster hätten ihn umgebracht und er wäre todt. Da sprach er: »es ist doch Schade um den schönen Menschen!« Das hörte der Junge, richtete sich auf und sprach: »so weit ists noch nicht!« Da verwunderte sich der König, freute sich aber und fragte, wie es ihm gegangen wäre. »Recht gut, antwortete er, eine Nacht wäre herum, die zwei andern werden auch herum gehen.« Als er nun zum Wirth kam, machte der große Augen, und sprach: »ich dachte nicht, daß ich dich wieder lebendig sehen würde, hast du nun gelernt, was gruseln ist?« »Nein, sagte er, ich weiß es nicht, wenn mir's nur einer sagen könnte!«

Die zweite Nacht ging er wieder hinauf ins alte Schloß, setzte sich zum Feuer und sprach: »wenn mirs nur gruselte.« Wie Mitternacht herankam, fing ein Lärm und Gepolter an, erst sachte, dann immer stärker, dann wars ein bischen still, endlich kam mit lautem Geschrei ein halber Mensch den Schornstein herab, und fiel vor ihn hin. »Heda! rief er, noch ein halber gehört dazu, das ist zu wenig.« Da ging der Lärm von frischem an, es, tobte und heulte, und fiel die andere Hälfte auch herab: »wart, sprach er, ich will dir erst das Feuer ein wenig anblasen;« wie er das gethan und sich wieder umsah, da waren die beiden Stücke zusammen gefahren und saß da ein gräulicher Mann auf seinem Platz. »So ists nicht gemeint, sprach der Junge, die Bank ist mein.« Der Mann wollte ihn wegdrängen, aber der Junge ließ sichs nicht gefallen, schob ihn mit Gewalt weg, und setzte sich wieder auf seinen Platz. Da fielen noch mehr Männer herab, die hatten neun Todtenbeine und zwei Todtenköpfe, setzten auf und spielten Kegel. Der Junge bekam auch Lust und fragte: »hört ihr, kann ich mit sein?« »Ja, wenn du Geld hast.« »Geld genug, antwortete er, aber eure Kugeln sind nicht recht rund.« »Da nahm er sie, setzte sie in die Drehbank und drehte sie rund. »Jetzt werden sie besser schüppeln, sprach er, heida! nun gehts lustig!« Er spielte mit und verlor etwas von seinem Geld, als es aber zwölf Uhr schlug, war alles vor seinen Augen verschwunden, und er legte sich nieder und schlief ruhig ein. Am andern Morgen kam der König und wollte sich erkundigen: »wie ist dirs diesmal gegangen?« fragte er. »Ich hab gekegelt, antwortete er, und ein paar Heller verlohren. »Hat dir denn nicht gegruselt?« – »Ei was, sprach er, lustig hab ich mich gemacht, wenn ich nur wüßte, was das Gruseln wäre!«

In der dritten Nacht setzte er sich wieder auf seine Bank und sprach ganz verdrießlich: »wenn es mir nur gruselte!« Als es spät ward, kamen sechs große Männer und brachten eine Todtenlade[6] herein getragen. Da sprach er: »ha ha! das ist gewiß mein Vetterchen[7], das erst vor ein paar Tagen gestorben ist« winkte mit dem Finger und rief: »komm, Vetterchen, komm!« Sie stellten den Sarg auf die Erde, er aber ging hinzu und nahm den Deckel ab, da lag ein todter Mann darinn; er fühlte ihm ans Gesicht, aber es war kalt wie Eis. »Wart sprach er, ich will dich ein bischen wärmen« ging ans Feuer wärmte seine Hand und legte sie ihm aufs Gesicht, aber der Todte blieb kalt. Nun nahm er ihn heraus, setzte sich ans Feuer und legte ihn auf seinen Schooß und rieb ihm die Arme, um ihn zu erwärmen. Als auch das nichts helfen wollte, fiel ihm ein: wenn zwei zusammen im Bett liegen, so wärmen sie sich, brachte ihn ins Bett, deckte ihn zu, und legte sich neben ihn. Ueber ein Weilchen ward auch der Todte warm und fing an, sich zu regen. Da sprach der Junge: »siehst du, Vetterchen, hätt ich dich nicht gewärmt!« Der Todte aber hub an und rief: »jetzt will ich dich erwürgen.« »Was, sagte er, ist das mein Dank? nun sollst du wieder in deinen Sarg,« hob ihn auf, warf ihn hinein und machte den Deckel zu; da kamen die sechs Männer und trugen ihn wieder fort. »Es will mir nicht gruseln, sagte er, hier lerne ichs mein Lebtag nicht.«

Da trat ein Mann herein, der war größer als alle andere und sah fürchterlich aus, doch war er schon alt und hatte einen langen weißen Bart, und sprach: »o du Wicht, nun sollst du bald lernen was gruseln ist, denn du sollst sterben.« »Nicht so schnell, antwortete er, da muß ich auch dabei sein.« Sprach der Mann: dich will ich schon packen!« – »Nun sachte, mach dich nicht gar zu breit, so stark wie du bist bin ich auch, und wohl noch stärker.« »Das will ich sehn, sprach der Alte, bist du stärker als ich, so will ich dich lassen, komm, wir wollens versuchen.« Da führte er ihn durch dunkle Gänge zu einem Schmiedefeuer, und nahm eine Axt und schlug den einen Amboß mit einem Schlag in die Erde »Das kann ich noch besser,« sprach der Junge und ging zu dem andern Ambos und der Alte stellte sich neben hin und wollte zusehen und sein weißer Bart hing herab. Da faßte der Junge die Axt und zerspaltete den Ambos auf einen Hieb und klemmte den Bart mit hinein. »Nun hab ich dich, sprach der Junge, jetzt ist das sterben an dir.« Dann faßte er eine Eisenstange und schlug auf ihn los, bis der Alte wimmerte und bat er mögte aufhören, er wollte ihm große Reichthümer geben. Der Junge zog die Axt raus und ließ den Alten los, der führte ihn wieder ins Schloß zurück und zeigte ihm im Keller drei Kasten voll Gold. »Davon, sprach er, ist ein Theil den Armen, der andere dem König, der dritte dein.« Indem schlug es zwölfe und der Geist verschwand, also daß der Junge im Finstern stand. »Ich werde mir doch heraushelfen können,« sprach er, tappte herum, suchte den Weg in die Kammer und schlief bei seinem Feuer ein. Am andern Morgen kam der König und sagte: »nun wirst du gelernt haben was gruseln ist?« Nein, antwortete er, was ists nur? mein todter Vetter war da, und ein bärtiger Mann ist gekommen, der hat mir da unten viel Geld gezeigt, aber das Gruseln hat mir keiner gelehrt.« Der König sprach: »du hast das Schloß erlöst und sollst meine Tochter heirathen.« »Das ist all recht gut, antwortete er, aber ich weiß immer noch nicht was gruseln ist.«

Da ward das Gold gehoben und die Hochzeit gehalten, aber der junge König, so lieb er seine Gemahlin hatte und so vergnügt er war, sagte doch immer: »wenn mir nur gruselte, wenn mir nur gruselte!« Das verdroß sie endlich. Ihr Kammermädchen sprach: »ich will Hülfe schaffen, das Gruseln soll er schon noch lernen.« Und ging hinaus und ließ sich einen ganzen Eimer voll Gründlinge[8] holen. Und Nachts als der junge König schlief, mußte seine Gemahlin ihm die Decke wegziehen und den Eimer voll kalt Wasser mit den Gründlingen über ihn herschütten, daß die kleinen Fische um ihn herum zappelten. Da wachte er auf und rief: »ach was gruselt mir, was gruselt mir! liebe Frau! Ja nun weiß ich was gruseln ist.«[9]

Brüderchen und Schwesterchen.

1812

Brüderchen nahm sein Schwesterchen an der Hand und sagte: »seit die Mutter todt ist, haben wir keine gute Stunde mehr, die Stiefmutter schlägt uns alle Tage, und wenn wir zu ihr kommen, stößt sie uns mit dem Fuß fort; sie giebt uns auch nichts zu essen, als harte Brotkrusten; dem Hündlein unter dem Tisch gehts besser, dem wirft sie doch manchmal was Gutes zu, daß Gott erbarm, wenn das unsere Mutter wüßte! Komm laß uns miteinander fortgehen.« Sie gingen zusammen fort und kamen in einen großen Wald, da waren sie so traurig und so müde, daß sie sich in einen hohlen Baum setzten und da Hungers sterben wollten.

Sie schliefen zusammen ein, und wie sie am Morgen aufwachten, war die Sonne schon lange aufgestiegen und schien heiß in den hohlen Baum hinein. »Schwesterchen, sagte das Brüderchen nach einer Zeit, mich dürstet so gewaltig, wenn ich ein Brünnlein in der Nähe wüßte, ich ging hin und tränk einmal, es ist mir auch, als hörte ich eins rauschen.« – »Was hilft das, antwortete das Schwesterchen, warum willst Du trinken, da wir doch Hungers sterben wollen.« – Brüderchen aber schwieg still und stieg heraus, und weil es das Schwesterchen immer fest mit der Hand hielt, mußte es mit heraus steigen. Die böse Stiefmutter aber war eine Hexe, und wie sie die zwei Kinder hatte fortgehen sehen, war sie ihnen nachgegangen und hatte ein klares Brünnlein in der Nähe des Baums aus dem Felsen springen lassen, das sollte durch sein Rauschen die Kinder herbeilocken und zum trinken reizen, wer aber davon trank, der ward in ein Rehkälbchen verwandelt. Brüderchen kam bald mit dem Schwesterchen zu dem Brünnlein, und als er es so glitzerig über die Steine springen sah, ward seine Lust immer größer, und er wollte davon trinken. Aber dem Schwesterchen war Angst, es meinte, das Brünnlein spräche im Rauschen und sagte: »wer mich trinkt, wird zum Rehkälbchen; wer mich trinkt, wird zum Rehkälbchen!« da bat es das Brüderchen, nicht von dem Wasser zu trinken. »Ich höre nichts, sagte das Brüderchen, als wie das Wasser so lieblich rauscht, laß mich nur gehen!« Damit legte es sich nieder, beugte sich herab und trank, und wie der erste Tropfen auf seine Lippen gekommen war, da lag ein Rehkälbchen an dem Brünnlein.

Das Schwesterchen weinte und weinte, die Hexe aber war böse, daß sie es nicht auch zum Trinken hatte verführen können. Nachdem es drei Tage geweint, stand es auf und sammelte die Binsen in dem Wald, und flocht ein weiches Seil daraus. Dann band es das Rehkälbchen daran und führte es mit sich. Es suchte ihm auch eine Höhle, trug Moos und Laub hinein und machte ihm ein weiches Lager; am Morgen ging es mit ihm hinaus, wo zartes Gras war und sammelte das allerschönste, das fraß es ihm aus der Hand, und das Rehkälbchen war dann vergnügt und spielte auf den Hügeln. Abends aber, wenn Schwesterchen müde war, legte es seinen Kopf auf den Rücken des

Rehkälbchens, das war sein Kissen, und so schlief es ein; und hätte das Brüderchen nur seine menschliche Gestalt gehabt, das wäre ein herrliches Leben gewesen.

So lebten sie lange Jahre in dem Wald. Auf eine Zeit jagte der König und verirrte sich darin. Da fand er das Mädchen mit dem Thierlein in dem Wald und war erstaunt über seine Schönheit. Er hob es zu sich auf sein Pferd und nahm es mit, und das Rehkälbchen lief an dem Seile nebenher. An dem königlichen Hofe ward ihm alle Ehre angethan, schöne Jungfrauen mußten es bedienen, doch war es selber schöner, als alle andern; das Rehkälbchen ließ es niemals von sich, und that ihm alles Gute an. Bald darauf starb die Königin, da ward das Schwesterchen mit dem König vermählt und lebte in allen Freuden.

Die Stiefmutter aber hatte von dem Glück gehört, das dem armen Schwesterchen begegnet; sie dachte es wäre längst im Wald von den wilden Thieren gefressen worden, aber die hatten ihm nichts gethan, und nun war es Königin im Reich. Die Hexe war so böse darüber, daß sie nur darauf dachte, wie sie ihr das Glück verderben könnte. Als im folgenden Jahr die Königin einen schönen Prinzen zur Welt gebracht hatte, und der König auf der Jagd war, trat sie in der Gestalt der Kammerfrau in die Stube, worin die Kranke lag. »Das Bad ist für euch bereitet, sagte sie, das wird euch wohlthun und stärken, kommt eh' es kalt wird.« Sie führte sie darauf in die Badestube; wie die Königin hineingetreten war, schloß sie die Thüre hinter ihn zu, drin aber war ein Höllenfeuer angemacht, da mußte die schöne Königin ersticken. Die Hexe hatte eine rechte[1] Tochter, der gab sie ganz die äußerliche Gestalt der Königin und legte sie an ihrer Stelle in das Bett. Der König kam am Abend heim, und wußte nicht, daß er eine falsche Frau habe. Aber in der Nacht – sah die Kinderfrau – trat die rechte Königin in die Stube, sie ging zur Wiege, nahm ihr Kind heraus, hob es an ihre Brust und gab ihm zu trinken, dann schüttelte sie ihm sein Bettchen auf, legte es wieder hinein und deckte es zu. Darauf ging sie in die Ecke wo das Rehkälbchen schlief und streichelte ihm über den Rücken. So kam sie alle Nacht und ging wieder fort, ohne ein Wort zu sprechen.

Einmal aber trat sie wieder ein und sprach:

»Was macht mein Kind? was macht mein Reh?
nun komm' ich noch zweimal und dann
nimmermehr.«

und that alles, wie in den andern Nächten. Die Kinderfrau weckte aber den König und sagte es ihm heimlich. Der König wachte die andere Nacht, und da sah er auch, wie die Königin kam und hörte deutlich ihre Worte:

»Was macht mein Kind? was macht mein Reh?
nun komm' ich noch einmal und dann
nimmermehr.«

Aber er getraute sich nicht, sie anzureden. In der andern Nacht wacht' er wieder, da sprach die Königin:

»Was macht mein Kind? was macht mein Reh?
nun komm' ich noch diesmal her und dann
nimmermehr.«

Da konnte sich der König nicht länger halten, sprang auf und umarmte sie, und wie er sie anrührte, ward sie wieder lebendig, frisch und roth. Die falsche Königin ward in den Wald geführt, wo die wilden Thiere sie fraßen, die böse Stiefmutter aber ward verbrannt, und wie das Feuer sie verzehrte, da verwandelte sich das Rehkälbchen, und Brüderchen und Schwesterchen waren wieder beisammen und lebten glücklich ihr Lebelang.[2]

Von den Fischer und siine Fru.

1812 – niederdeutsches Original

Daar was mal eens een Fischer un siine Fru, de waanten tosamen in' n Pispott, dicht an de See – un de Fischer ging alle Dage hen un angelt, un ging he hen lange Tid. Daar satt he eens an de See bi de Angel un sach in dat blanke Water, un he sach ümmer na de Angel – daar ging de Angel to Grun'n, deep unner, un as he se heruttreckt so haalt he eenen groten Butt herut – de Butt sed' to em: »ick bidd di, dat du mi lewen lettst, ick bin keen rechte Butt, ick bin een verwünscht' Prins, sett mi wedder in dat Water un laat mi swemmen« – Nu, sed' de Mann, du bruukst nich so veele Woord' to maken, eenen Butt, de spreken kan, hadd ick doch woll swemmen laten. Daar sett't he en wedder in dat Water, un de Butt ging fuurts weg to Grun'n un leet eenen langen Stripen Bloot hinne sich.

De Mann averst ging to siine Fru in'n Pispott un vertellt eer, dat he eenen Butt fangen hadd, de hadd to em segt, he weer een verwünscht' Prins, doon hadd he em wedder swemmen laten. »Hest du di den nix wünscht?« sed' de Fru. – »Nee! sed de Mann, wat sull ick mi wünschen?« – »Ach! sed' de Fru, dat is doch övel, ümmer in'n Pispott to wanen, dat is so stinkig un dreckig hier, ga du noch hen un wünsch uns ne lütte Hütt!« den Mann was dat nicht so recht, doch ging he hen na de See, un as he hen kamm, so was de See gans geel un grön, da ging he an dat Water, staan, un sed:

»Mandje! Mandje! Timpe Te!
Buttje! Buttje in de See!
Mine Fru, de Ilsebill,
Will nich so, as ick wol will.«

Daar kam de Butt answemmen un sed': »na wat will se denn?« – »Ach! sed' de Mann, ick hev di doch fangen hätt, nu sed' mine Fru, ick hadd mi doch wat wünschen sullt, se mag nich meer in Pispott wanen, se wull geern ne Hütt hebben.« – »Ga man hen, sed de Butt, se is all daar in.« –

Daar ging de Mann hen, und siine Fru stund in eene Hütt in de Döör, un sed to em: »kumm man herin; sü, nu is dat doch veel beter!« Un daar was eene Stuwe un Kamer un eene Köck daar in, un da achter was een lütte Gaarn mit allerhand Grönigkeiten un een Hoff, da weeren Höner und Aanten. »Ach, sed de Mann, nu willn wi vergnögt lewen« – »Ja, sed de Fru, wi willnt verjöken.«

So ging dat nu wol een acht oder veertein Daag, daar sed' de Fru: »Mann! de Hütt wart mi to eng, de Hoff un Gaarn is to lütt, ick will in een grot steenern Slott wanen; ga hen tum Butt, he sall uns een Slott schaffen.« – »Ach Fru, sed de Mann, de Butt hett uns erst de Hütt gewen, ick mag nu nich all wedder kamen, den Butt mügt et verdreeten.« – »I watt, sed de Fru, he kann dat recht good, un deet dat geern, ga du man hen!« Daar ging der Mann hen un siin Hart was em so swar; as he awerst bi de See kam, was dat Water gans vigelett un grag un dunkelblag, doch was't noch still, dar ging he staan un sed:

»Mandje! Mandje! Timpe Te!
Buttje, Buttje in de See!
Mine Fru, de Ilsebill,
Will nich so, as ick wol will.«

»Na! wat will se denn?« sed de Butt. – »Ach, sed de Mann, gans bedrövd, mine Fru will in een stenern Slott wanen.« – »Ga man hen, se steit vör de Döör« sed de Butt.

Daar ging de Mann hen un siine Fru stund vör eenen groten Pallast. »Sü Mann, sed se, wat is dat nu schön!« Mit des gingen se tosamen herin, daar weeren so veel Bedeenters, un de Wände weeren all blank, un goldne Stööl un Dische weeren in de Stuw, un achter dat Slott was een Gaarn un Holt, woll eene halve Miil lang, daar in weren Hirsche, Reeh un Hasen, un up den Hoff Köhun Peerdställ. »Ach! sed de Mann, nu willn wi ook in dat schöne Slott bliwen, un tofreden sin!« – »Dat willn wi uns bedenken, sed de Fru, un willn't beschlapen.« Mit des gingen se to Bed. Denn annern Morgen waakt de Fru up, dat was all Dag: da stödd' se den Mann mit den Ellbagen in de Siid, un sed: »Mann stah up, wi möten König warden över all dat Land.« – »Ach! Fru, sed de Mann, wat wulln wi König warden, ick mag nich König sin;« na denn will ick König sin. – »Ach! Fru, sed de Mann, wo kannst du König sin, de Butt mügt dat nich doon« – »Mann, sed de Fru, ga stracks hen, ick möt König sin.« Daar ging de Mann un was gans bedrövd, dat sin Fru König warden wull. Un as he an de See kamm, was se all gans swartgrag un dat Water geert so van unner up. Daar ging he staan un sed:

»Mandje! Mandje! Timpe Te!
Buttje, Buttje in de See!
Mine Fru, de Ilsebill,
Will nich so, as ick wol will.«

»Na wat will se denn?« sed de Butt. – »Ach! sed de Mann, mine Fru will König warden« – »Ga man hen, se is't all,« sed de Butt.

Daar ging de Mann hen, un as he na den Palast kamm, da weren daar so veele Soldaten un Pauken un Trumpeten, un siine Fru satt up eenen hogen Troon van Gold un Demant un had eene grote goldne Kroon up un up beiden Siiden bi eer daar stunden sös Jumfern, ümmer eene eenen Kops lütjer as de annre. »Ach, sed de Mann, bist du nu König?« – »Ja, sed se, ick bin König.« Un as he eer so ne Wile anseen had, so sed he: »ach Fru! wat lett dat schön, wenn du König bist, nu willn wi ook nich meer wünschen.« – »Nee Mann, sed se, mi duurt dat all to lang, ick kan dat nich meer uthollen, König bin ick, nu möt ick ook Kaiser warden!« – »Ach! Fru, sed de Mann, wat wullst du Kaiser warden?« – »Mann, sed se, ga tum Butt, ick wull Kaiser sin« – »Ach Fru, sed de Mann, Kaiser kan he nich maken, ick mag den Butt dat nicht seggen.« – »Ich bin König, sed de Fru, un du bist min Mann, ga glük hen!« Da ging de Mann weg, un as he so ging, dacht he: »dit geit un geit nicht good, Kaiser is to utverschamt, de Butt ward am Ende möde.« Mit des kamm he an de See, dat Water was gans swart un dick, un et ging so een Keekwind äver hen, dat dat sik so köret; daar ging he staan un sed:

»Mandje! Mandje! Timpe Te!
Buttje, Buttje in de See!
Mine Fru, de Ilsebill,
Will nich so, as ick wol will.«

»Na wat will se denn?« sed de Butt. – »Ach sed he, min Fru will Kaiser warden.« – »Ga man hen, sed de Butt, se is't all.« Daar ging de Mann hen, un as he daarkamm, so satt siine Fru up eenen seer hogen Troon, de was van een Stück Gold, un had eene grote Kroon up, de was wol twee Ellen hoch, bi eer up de Siiden dar stunnen de Trabanten, ümmer een lüttjer as de anner, von den allergrötsten Risen, bett to den lüttsten Dwark, de was man so lang, as miin lüttje Finger. Vor eer dar stunden so veele Fürsten un Graven, da ging de Mann unner staan, un sed: »Fru! bist du nu Kaiser?« – »Ga, sed se, ick bin Kaiser.« – »Ach! sed de Mann, un sach se so recht an, Fru wat lett dat schön, wenn du Kaiser bist.« – »Mann, sed se, wat steist du daar, ick bin nu Kaiser, nu will ick äwerst ook Papst warden.« – »Ach! Fru, sed de Mann, wat wist du Pabst warden, Pabst is man eenmal in de Christenheit.« – »Mann, sed se, ick möt hüüt noch Pabst warden.« – »Ne Fru, sed he, to Pabst kan de Butt nich maaken, dat geit nich good.« – »Mann, wat Snak, kan he Kaiser maken, kan he ook Pabst maken, ga fuurts hen!« Daar ging de Mann hen, un em was gans flau, dee Knee un de Waden flakkerten em, un buten ging de Wind, un dat Water was, as kaakt dat, de Schep schoten in de Noot un dansten un sprungen up de Bülgen, doch was de Himmel in de Midde noch so'n beeten blag, awerst an de Siden, daar toog dat so recht rood up as een swaar Gewitter. Dar ging he recht vörzufft staan un sed:

»Mandje! Mandje! Timpe Te!
Buttje, Buttje in de See!
Mine Fru, de Ilsebill,
Will nich so, as ick wol will.«

»Na, wat will se denn?« sed de Butt. – »Ach! sed de Mann, miin Fru will Pabst warden.« – »Ga man hen, sed de Butt, se is't all.«

Daar ging he hen, un as he daar kamm, satt sine Fru up eenen Tron, de was twee Mil' hoch, un had dree groote Kroonen up, un um eer da was so veel van geistlike Staat, un up de Siden bi eer, daar stunden twee Reegen Lichter, dat grötste so dick un groot as de aller grötste Torm, bet to dat alle lüttste Köten-Licht. »Fru, sed de Mann, un sach se so recht an, bist du nu Pabst?« – »Ja, sed se, ick bin Pabst!« – »Ach! Fru, sed de Mann, wat lett dat schön, wenn du Pabst bist; Fru, nu wes tofreden, nu du Pabst bist, kanst du nix meer warden.« – »Dat will ick mi bedenken, sed de Fru, daar gingen see beede so Bed, awerst se was nich tofreden un de Girigkeit leet eer nich slapen, se dacht ümmer, wat se noch wol warden wull. Mit des ging de Sünn up; ha, dacht se, as se se ut den Finster so herup kamen sach, kann ick nich ook de Sünn upgaan laten?« daar wurd se recht so grimmig, un stödd eeren Mann an: »Mann ga hen tum Butt, ick will warden, as de lewe Gott!« de Mann was noch meist im Slaap, averst he verschrack sich so, dat he ut den Bed feel. »Ach! Fru, sed he, gaa in di un bliw Pabst.« – »Ne, sed de Fru, un reet sich dat Liivken up, ick bin nich ruhig, un kan dat nich uthollen, wenn ick de Sünn un de Maan upgaan see, un kan se nich ook upgaan laten, ick möt warden, as de lewe

Gott!« – »Ach Fru, sed de Mann, dat kan de Butt nich, Kaiser un Pabst kan he maken, awerst dat kan he nich.« – »Mann, sed se, un sach so recht gräsig ut, ick will warden as de lewe Gott, gaa gliik hen to'm Butt.«

Dat fuur den Mann so dörch de Gleder, dat he bewt vör Angst; buten awer ging de Storm, dat alle Böme un Felsen umweigten un de Himmel was gans swart, un dat dunnert un blitzt; daar sach man in de See so swarte hoge Bülgen as Barg' un hadden baben all eene witte Kroon von Schuum up, da sed he:

»Mandje! Mandje! Timpe Te!
Buttje, Buttje in de See!
Mine Fru de Ilsebill,
Will nich so, as ick wol will.«

»Na wat will se den?« sed de But. – »Ach! sed he, se will warden as de leve Gott.« – »Gah man hen, se sitt all wedder in'n Pitzpott.« Daar sitten se noch hüt un dissen Dag.[1]

Vom Fischer und seiner Frau

hochdeutsche Version

Es war einmal ein Fischer und seine Frau, die wohnten zusammen in einer kleinen Hütte, dicht an der See. Der Fischer ging alle Tage hin und angelte; und er angelte und angelte.

So saß er auch einmal mit seiner Angel und sah immer in das klare Wasser hinein; und so saß er nun und saß.

Da ging die Angel auf den Grund, tief hinunter, und als er sie heraufholte, da holte er einen großen Butt heraus. Da sagte der Butt zu ihm: »Hör mal, Fischer, ich bitte dich, lass mich leben, ich bin gar kein richtiger Butt, ich bin ein verwünschter Prinz. Was hilft dir's, wenn du mich totmachst? Ich schmeckte dir doch nicht richtig; setz mich wieder ins Wasser und lass mich schwimmen!« »Nun«, sagte der Mann, »du brauchst nicht so viele Worte zu machen; einen Butt, der sprechen kann, werde ich doch wohl schwimmen lassen.« Damit setzte er ihn wieder in das klare Wasser. Da ging der Butt auf den Grund und ließ einen langen Streifen Blut hinter sich. Da stand der Fischer auf und ging zu seiner Frau in die kleine Hütte.

»Mann«, fragte die Frau, »hast du heute nichts gefangen?« »Nein«, antwortete der Mann, »ich fing einen Butt, der sagte, er wäre ein verwunschener Prinz, da hab ich ihn wieder schwimmen lassen.« »Hast du dir denn nichts gewünscht?« fragte die Frau. »Nein«, sagte der Mann, »was sollte ich mir denn wünschen?« »Ach«, sagte die Frau, »das ist doch bös, immer hier in dem Hüttchen zu wohnen, das stinkt und ist so eklig; du hättest uns doch ein kleines Häuschen wünschen können. Geh noch mal hin und ruf ihn! Sag ihm, wir wollten ein kleines Häuschen haben, er tut das gewiss.« »Ach«, sagte der Mann, »was soll ich da noch mal hingehen?« »Du hattest ihn doch gefangen und hast ihn wieder schwimmen lassen, er tut das gewiss«, sagte die Frau. »Geh gleich hin!« Der Mann wollte noch nicht recht, wollte aber auch seiner Frau nicht widersprechen und ging hin an die See.

Als er dorthin kam, war die See ganz grün und gelb und gar nicht mehr so klar. So stellte er sich hin und sagte:

»Manntje, Manntje, Timpe Te,
Buttje, Buttje in der See,
mine Fru, de Ilsebill,
will nich so, as ik wol will.«

Da kam der Butt angeschwommen und sagte: »Na, was will sie denn?« »Ach«, sagte der Mann, »ich hab dich doch gefangen gehabt; nun sagt meine Frau, ich hätt mir doch was wünschen sollen. Sie mag nicht mehr in ihrer Hütte wohnen, sie will gern ein kleines Häuschen.« »Geh nur hin«, sagte der Butt, »sie hat es schon.«

Da ging der Mann hin, und seine Frau saß nicht mehr in dem kleinen Hüttchen; an seiner Stelle stand jetzt ein kleines Häuschen, und seine Frau saß vor der Tür auf einer Bank. Da nahm ihn seine Frau bei der Hand und sagte zu ihm: »Komm nur herein, sieh, nun ist das doch viel besser!« Da gingen sie hinein, und in dem Häuschen war ein kleiner Flur und eine kleine, allerliebste Stube und Kammer, wo jedem sein Bett stand, und Küche und Speisekammer, alles aufs beste mit Gerätschaften versehen und aufs schönste aufgestellt, Zinn und Messing, was eben so dazu gehört. Und hinter dem Häuschen gab es auch einen kleiner Hof mit Hühnern und Enten und ein kleinen Garten mit Grünzeug und Obst. »Sieh«, sagte die Frau, »ist das nicht nett?« »Ja«, sagte der Mann, »so soll es bleiben; nun wollen wir recht vergnügt leben.« »Das wollen wir uns überlegen«, sagte die Frau. Dann aßen sie etwas und gingen zu Bett.

So ging das wohl nun acht oder vierzehn Tage; da sagte die Frau: »Hör, Mann, das Häuschen ist zu eng, und der Hof und der Garten ist so klein; der Butt hätt uns auch wohl ein größeres Haus schenken können. Ich möchte wohl in einem großen, steinernen Schloss wohnen. Geh hin zum Butt, er soll uns ein Schloss schenken!« »Ach, wir in einem Schlosse wohnen?« »Ach was«, sagte die Frau, »geh du nur hin, der Butt kann das schon tun!« »Nein, Frau«, meinte der Mann, »der Butt hat uns erst das Häuschen gegeben; ich mag nun nicht gleich wiederkommen, den Butt könnte das verdrießen.« »Geh doch«, sagte die Frau, »er kann das recht gut und tut es auch gern; geh du nur hin!«

Dem Mann war sein Herz so schwer, und er wollte nicht; er sagte zu sich selber: »Das ist nicht recht« – aber ging doch hin.

Als er an die See kam, war das Wasser ganz violett

und dunkelblau und grau und dick und gar nicht mehr so grün und gelb; doch war es noch still. Da stellte er sich nun hin und sagte:

»Manntje, Manntje, Timpe Te,
Buttje, Buttje in der See,
mine Fru, de Ilsebill,
will nich so, as ik wol will.«

»Na, was will sie denn?« fragte der Butt. »Ach«, sagte der Mann halb bedrückt, »sie will in einem großen, steinernen Schloss wohnen.«

»Geh nur hin, sie steht vor der Tür«, sagte der Butt. Da ging der Mann hin und dachte, er wollte nach Haus gehen; als er aber dahin kam, da stand dort ein großer, steinerner Palast, und seine Frau stand oben auf der Treppe und wollte hineingehen; da nahm sie ihn bei der Hand und sagte: »Komm mal herein!« Damit ging er mit ihr hinein, und in dem Schloss war eine große Diele mit einem Estrich aus Marmor, und da waren so viele Bediente, die rissen die großen Türen auf; und die Wände waren alle blank und mit schönen Tapeten, und in den Zimmern lauter goldene Stühle und Tische, und kristallene Kronenleuchter hingen von der Decke, und alle Stuben und Kammern waren mit Fußdecken belegt; und das Essen und der allerbeste Wein stand auf den Tischen, als ob sie brechen wollten. Und hinter dem Hause war auch ein großer Hof mit einem Pferde- und Kuhstall und Kutschwagen – alles vom Besten; auch war da ein großer herrlicher Garten mit den schönsten Blumen und seinen Obstbäumen und ein herrlicher Park, wohl eine halbe Meile lang; da waren Hirsche und Rehe und Hasen drin und alles, was man sich nur immer wünschen mochte. »Na«, fragte die Frau, »ist das nun nicht schön?« »Ach ja«, sagte der Mann, »so soll es auch bleiben; nun wollen wir auch in dem schönen Schloss wohnen und zufrieden sein.« »Das wollen wir uns überlegen«, sagte die Frau, »und wollen es beschlafen.« Darauf gingen sie zu Bett.

Am andern Morgen wachte die Frau zuerst auf, es war eben Tag geworden, und sah von ihrem Bett aus das herrliche Land vor sich liegen. Der Mann dehnte und reckte sich noch, da stieß sie ihn mit dem Ellenbogen in die Seite und sagte: »Mann steh auf und guck mal aus dem Fenster! Sieh, könnten wir nicht König werden über das ganze Land? Geh hin zum Butt, wir wollen König sein!« »Ach, Frau«, sagte der Mann, »warum wollen wir König sein? Ich mag nicht König sein.« »Nun«, sagte die Frau, »willst du nicht König sein, so will ich König sein. Geh hin zum Butt, ich will König sein!« »Ach, Frau«, sagte der Mann, »was willst du König sein? Das mag ich ihm nicht sagen.« »Warum nicht?« fragte die Frau, »geh augenblicklich hin, ich muss König sein!« Da ging der Mann hin und war ganz bedrückt, dass seine Frau König werden wollte. Das ist und ist nicht recht, dachte der Mann. Er wollte nicht hingehen, ging aber doch hin.

Und als er an die See kam, da war die See ganz schwarzgrau, und das Wasser quoll so von unten herauf und stank auch ganz faul. Da stellte er sich hin und sagte:

»Manntje, Manntje, Timpe Te,
Buttje, Buttje in der See,
mine Fru, de Ilsebill,
will nich so, as ik wol will.«

»Na, was will sie denn?« fragte der Butt. »Ach«, sagte der Mann, »sie will König werden.« »Geh nur hin, sie ist es schon«, sagte der Butt.

Da ging der Mann hin, und als er nach dem Palast kam, da war das Schloss viel größer geworden, mit einem großen Turm und herrlichem Zinnen daran; und die Schildwache stand vor dem Tor, und da waren so viele Soldaten und Pauken und Trompeten. Und als er in das Haus kam, da war alles von purem Marmor und Gold und samtene Decken mit großen, goldenen Quasten. Da gingen die Türen von dem Saal auf, wo der ganze Hofstaat war, und seine Frau saß auf einem hohen Thron von Gold und Diamanten und hatte eine große, goldene Krone auf und den Zepter in der Hand von purem Gold und Edelstein. Und auf beiden Seiten von ihr standen sechs Jungfern in einer Reihe, immer eine einen Kopf kleiner als die andere. Da stellte er sich nun hin und sagte: »Ach, Frau, bist du nun König?« »Ja«, sagte die Frau, »nun bin ich König.« Da stand er nun und sah sie an, und als er sie nun eine Zeitlang so angesehen hatte, sagte er: »Ach, Frau, was steht dir das gut, dass du König bist. Nun wollen wir uns auch nichts mehr wünschen.« »Nein, Mann«, sagte die Frau und war ganz unruhig, »mir wird schon Zeit und Weile lang, ich kann das nicht mehr aushalten. Geh hin zum Butt; König bin ich, nun muss ich auch Kaiser werden!« »Ach, Frau«, sagte der Mann, »warum willst du Kaiser werden?« »Mann«, sagte sie, »geh zum Butt, ich will Kaiser sein!« »Ach, Frau«, sagte der Mann, »Kaiser kann er nicht machen, ich mag dem Butt das nicht sagen;

Kaiser ist nur einmal im Reich; Kaiser kann der Butt nicht machen; das kann und kann er nicht!«

»Was«, sagte die Frau, »ich bin König, und du bist doch mein Mann; willst du gleich hingehen? Gleich geh hin! Kann er Könige machen, so kann er auch Kaiser machen; ich will und will Kaiser sein; geh gleich hin!« Da musste er hingehen. Als der Mann aber hinging, war ihm ganz bang; und als er so ging, dachte er bei sich: Das geht und geht nicht gut: Kaiser ist zu ausverschämt, der Butt wird am Ende müde.

Unterdessen kam er an die See. Die war ganz schwarz und dick und fing an, so von unten herauf zu schäumen, dass sie Blasen warf, und es ging so ein Wirbelwind über die See hin, dass sie sich nur so drehte. Und den Mann ergriff ein Grauen. Da stand er nun und sagte:

»Manntje, Manntje, Timpe Te,
Buttje, Buttje in der See,
mine Fru, de Ilsebill,
will nich so, as ik wol will.«

»Na, was will sie denn?« fragte der Butt. »Ach, Butt«, sagte er, »meine Frau will Kaiser werden.« »Geh nur hin«, sagte der Butt, »sie ist es schon.«

Da ging der Mann hin, und als er ankam, da war das ganze Schloss von poliertem Marmor mit Figuren aus Alabaster und goldenen Zierraten. Vor der Tür marschierten die Soldaten, und sie bliesen Trompeten und schlugen Pauken und Trommeln. Aber in dem Hause, da gingen die Barone und Grafen und Herzöge grad so, als ob sie Diener wären, herum; die machten ihm die Türen auf, die von lauter Gold waren. Und als er hereinkam, da saß seine Frau auf einem Thron, der war von einem Stück Gold und war wohl zwei Meilen hoch; und sie hatte eine große, goldene Krone auf, die war drei Ellen hoch und mit Brillanten und Karfunkelsteinen besetzt. In der einen Hand hatte sie den Zepter und in der anderen den Reichsapfel, und auf beiden Seiten neben ihr, da standen die Trabanten so in zwei Reihen, immer einer kleiner als der andere, von dem allergrößten Riesen, der war zwei Meilen hoch, bis zu dem allerwinzigsten Zwerg, der war so groß wie mein kleiner Finger. Und vor ihr standen so viele Fürsten und Herzöge. Da ging nun der Mann hin und stand zwischen ihnen und sagte: »Frau, bist du nun Kaiser?« »Ja«, sagte sie, »ich bin Kaiser.« Da stellte er sich nun hin und besah sie sich so recht; und als er sie so eine Zeitlang angesehen hatte, da sagte er: »Ach, Frau, wie steht dir das schön, dass du Kaiser bist!« »Mann«, sagte sie, »was stehst du da? Ich bin nun Kaiser; nun will ich aber auch Papst werden, geh hin zum Butt!« »Ach, Frau«, sagte der Mann, »was willst du denn nicht noch alles werden?« Papst kannst du nicht werden; den Papst gibt's doch nur einmal in der Christenheit – das kann er doch nicht machen.« »Mann, ich will Papst werden, geh gleich hin, ich muss heut noch Papst werden!« »Nein, Frau«, meinte der Mann, das mag ich ihm nicht sagen, das geht nicht gut aus, das ist zu viel verlangt, zum Papst kann dich der Butt nicht machen.« »Mann, schwatz kein dummes Zeug!« zürnte die Frau, »kann er Kaiser machen, so kann er auch Päpste machen. Geh sofort hin! Ich bin Kaiser, und du bist doch mein Mann – willst du wohl hingehen?« Da wurde ihm ganz bang zumute, und er ging hin. Ihm war aber ganz flau, er zitterte und bebte, und die Knie und Waden schlotterten ihm. Und da strich so ein Wind über das Land, und die Wolken flogen, und es wurde so düster wie gegen den Abend zu; die Blätter wehten von den Bäumen, und das Wasser ging hoch und brauste so, als ob es kochte, und platschte an das Ufer, und in der Ferne sah er die Schiffe, die gaben Notschüsse ab und tanzten und sprangen auf den Wogen. Doch der Himmel war in der Mitte noch so ein bisschen blau, aber an der Seite, da zog es so recht rot auf wie ein schweres Gewitter. Da ging er ganz verzagt hin und stand da in seiner Angst und sagte:

»Manntje, Manntje, Timpe Te,
Buttje, Buttje in der See,
mine Fru, de Ilsebill,
will nich so, as ik wol will.«

»Na, was will sie denn?« fragte der Butt. »Ach«, sagte der Mann, »sie will Papst werden.« »Geh nur hin, sie ist es schon«, sagte der Butt.

Da ging er hin, und als er ankam, da war da wie eine große Kirche, von lauter Palästen umgeben. Da drängte er sich durch das Volk; inwendig war aber alles mit tausend und aber tausend Lichtern erleuchtet, und seine Frau war ganz in Gold gekleidet und saß auf einem noch viel höheren Thron und hatte drei große, goldene Kronen auf, und um sie herum, da war so viel geistlicher Staat, und zu beiden Seiten von ihr, da standen zwei Reihen Lichter, das größte so dick und groß wie der allergrößte Turm, bis zum allerkleinsten Küchenlicht. Und all die Kaiser und Könige, die lagen vor ihr auf den Knien und küssten ihr den Pantoffel. »Frau«, sagte der Mann und sah sie so recht an, »bist du nun Papst?« »Ja«, sagte sie, »ich bin Papst.« Da ging er hin und sah sie recht an, und da war ihm, als ob er in die helle Sonne sähe. Als er sie so eine Zeitlang angesehen hatte, sagte er: »Ach, Frau, wie gut steht dir das, dass du Papst bist!« Sie saß aber ganz steif wie ein Baum und rührte und regte sich nicht. Da sagte er: »Frau, nun sei zufrieden, dass du Papst bist! Nun kannst du doch nichts mehr werden.« »Das will ich überlegen«, sagte die Frau. Damit gingen sie beide zu Bett; aber sie war nicht zufrieden, und die Gier ließ sie nicht schlafen, sie dachte immer, was sie noch werden könnte.

Der Mann schlief gut und fest, er hatte am Tag viel laufen müssen; die Frau aber konnte nicht einschlafen und warf sich die ganze Nacht von einer Seite auf die andere und dachte immer drüber nach, was sie wohl noch werden könnte, und konnte sich doch auf nichts mehr besinnen. Indessen wollte die Sonne aufgehen, und als sie das Morgenrot sah, setzte sie sich aufrecht im Bett hin und sah starr da hinein. Und als sie aus dem Fenster die Sonne so heraufkommen sah: »Ha«, dachte sie, »kann ich nicht auch die Sonne und den Mond aufgehen lassen?« »Mann«, sagte sie und stieß ihn mit dem Ellenbogen in die Rippen, »wach auf, geh hin zum Butt, ich will werden wie der liebe Gott!« Der Mann war noch ganz schlaftrunken, aber er erschrak so, dass er aus dem Bett fiel. Er meinte, er hätte sich verhört und rieb sich die Augen aus und sagte: »Ach, Frau, was sagst du?« »Mann«, sagte sie, »wenn ich nicht die Sonne und den Mond kann aufgehen lassen – das kann ich nicht aushalten, und ich habe dann keine ruhige Stunde mehr, dass ich sie nicht selbst kann aufgehen lassen.« Dabei sah sie ihn ganz böse an, dass ihn ein Schauder überlief. »Gleich geh hin; ich will werden wie der liebe Gott!« »Ach, Frau«, sagte der Mann und fiel vor ihr auf die Knie, »das kann der Butt nicht. Kaiser und Papst kann er machen; ich bitte dich, geh in dich und bleibe Papst!« Da kam die Bosheit über sie; die Haare flogen ihr so wild um den Kopf, und sie schrie: »Ich halte das nicht aus! Und ich halte das nicht länger aus; willst du hingehen?« Da zog er sich die Hosen an und lief davon wie unsinnig.

Draußen aber ging der Sturm und brauste, dass er kaum auf den Füßen stehen konnte. Die Häuser und die Bäume wurden umgeweht, und die Berge bebten, und die Felsenstücke rollten in die See, und der Himmel war ganz pechschwarz, und es donnerte und blitzte, und die See ging in so hohen schwarzen Wogen wie Kirchtürme und Berge, und oben hatten sie alle eine weiße Schaumkrone. Da schrie er, und er konnte sein eigenes Wort nicht hören:

»Manntje, Manntje, Timpe Te,
Buttje, Buttje in der See,
mine Fru, de Ilsebill,
will nich so, as ik wol will.«

»Na, was will sie denn?« fragte der Butt. »Ach«, sagte er, »sie will werden wie der liebe Gott.« »Geh nur hin, sie sitzt schon wieder in der alten kleinen Hütte.«

Und da sitzen sie noch bis auf den heutigen Tag.

Aschenputtel.

1812

Es war einmal ein reicher Mann, der lebte lange Zeit vergnügt mit seiner Frau, und sie hatten ein einziges Töchterlein zusammen. Da ward die Frau krank, und als sie todtkrank ward, rief sie ihre Tochter und sagte: »liebes Kind, ich muß dich verlassen, aber wenn ich oben im Himmel bin, will ich auf dich herab sehen, pflanz ein Bäumlein auf mein Grab, und wenn du etwas wünschest, schüttele daran, so sollst du es haben, und wenn du sonst in Noth bist, so will ich dir Hülfe schicken, nur bleib fromm und gut.« Nachdem sie das gesagt, that sie die Augen zu und starb; das Kind aber weinte und pflanzte ein Bäumlein auf das Grab und brauchte kein Wasser hin zu tragen, und es zu begießen, denn es war genug mit seinen Thränen.

Der Schnee deckte ein weiß Tüchlein auf der Mutter Grab, und als die Sonne es wieder weggezogen hatte, und das Bäumlein zum zweitenmal grün geworden war, da nahm sich der Mann eine andere Frau. Die Stiefmutter aber hatte schon zwei Töchter, von ihrem ersten Mann, die waren von Angesicht schön, von Herzen aber stolz und hoffährtig[1] und bös. Wie nun die Hochzeit gewesen, und alle drei in das Haus gefahren kamen, da ging schlimme Zeit für das arme Kind an. »Was macht der garstige Unnütz in den Stuben, sagte die Stiefmutter, fort mit ihr in die Küche, wenn sie Brod essen will, muß sies erst verdient haben, sie kann unsere Magd seyn.« Da nahmen ihm die Stiefschwestern die Kleider weg, und zogen ihm einen alten grauen Rock an: »der ist gut für dich!« sagte sie, lachten es aus und führten es in die Küche. Da mußte das arme Kind so schwere Arbeit thun: früh vor Tag aufstehen, Wasser tragen, Feuer anmachen, kochen und waschen und die Stiefschwestern thaten ihm noch alles gebrannte Herzeleid an, spotteten es, schütteten ihm Erbsen und Linsen in die Asche, da mußte es den ganzen Tag sitzen und sie wieder auslesen. Wenn es müd war Abends kam es in kein Bett, sondern mußte sich neben dem Heerd in die Asche legen. Und weil es da immer in Asche und Staub herumwühlte und schmutzig aussah, gaben sie ihm den Namen Aschenputtel.

Auf eine Zeit stellte der König einen Ball an, der sollte in aller Pracht drei Tage dauern, und sein Sohn, der Prinz, sollte sich eine Gemahlin aussuchen; dazu wurden die zwei stolzen Schwestern auch eingeladen. »Aschenputtel riefen sie, komm herauf, kämme uns die Haare, bürst uns die Schuhe und schnalle sie fest, wir gehen auf den Ball zu dem Prinzen.« Aschenputtel gab sich alle Mühe und putzte sie so gut es konnte, sie gaben ihm aber nur Scheltworte[2] dazwischen, und als sie fertig waren, fragten sie spöttisch: »Aschenputtel, du gingst wohl gern mit auf den Ball?« – »Ach ja, wie kann ich aber hingehen, ich habe keine Kleider.« – »Nein, sagte die älteste, das wär mir recht, daß du dich dort sehen ließest, wir müßten uns schämen, wenn die Leute hörten, daß du unsere Schwester wärest; du gehörst in die Küche, da hast du eine

Schüssel voll Linsen, wann wir wieder kommen muß sie gelesen seyn, und hüt dich, daß keine böse darunter ist, sonst hast du nichts Gutes zu erwarten.«

Damit gingen sie fort, und Aschenputtel stand und sah ihnen nach, und als es nichts mehr sehen konnte, ging es traurig in die Küche, und schüttete die Linsen auf den Heerd, da war es ein großer, großer Haufen. »Ach, sagte es und seufzte dabei, da muß ich dran lesen bis Mitternacht und darf die Augen nicht zufallen lassen, und wenn sie mir noch so weh thun, wenn das meine Mutter wüßte!« Da kniete es sich vor den Heerd in die Asche und wollte anfangen zu lesen, indem flogen zwei weiße Tauben durchs Fenster und setzten sich neben die Linsen auf den Heerd; sie nickten mit den Köpfchen und sagten: »Aschenputtel, sollen wir dir helfen Linsen lesen?« »Ja, antwortete Aschenputtel:

die schlechten ins Kröpfchen,
die guten ins Töpfchen.«

Und pick, pick! pick, pick! fingen sie an und fraßen die schlechten weg und ließen die guten liegen. Und in einer Viertelstunde waren die Linsen so rein, daß auch nicht eine falsche darunter war, und Aschenputtel konnte sie alle ins Töpfchen streichen. Darauf aber sagten die Tauben: »Aschenputtel, willst du deine Schwestern mit dem Prinzen tanzen sehen, so steig auf den Taubenschlag.« Aschenputtel ging ihnen nach und stieg bis auf den letzten Leitersproß, da konnte es in den Saal sehen, und sah seine Schwestern mit dem Prinzen tanzen, und es flimmerte und glänzte von viel tausend Lichtern vor seinen Augen. Und als es sich satt gesehen, stieg es wieder herab, und es war ihm schwer ums Herz, und legte sich in die Asche und schlief ein.

Am andern Morgen kamen die zwei Schwestern in die Küche, und als sie sahen, daß Aschenputtel die Linsen rein gelesen, waren sie böse, denn sie wollten es gern schelten, und da sie das nicht konnten, huben[3] sie an von dem Ball zu erzählen und sagten: »Aschenputtel, das ist eine Lust gewesen, bei dem Tanz, der Prinz, der allerschönste auf der Welt hat uns dazu geführt, und eine von uns wird seine Gemahlin werden.« – »Ja, sagte Aschenputtel, ich habe die Lichter flimmern sehen, das mag recht prächtig gewesen seyn.« – »Ei! wie hast du das angefangen,« fragte die älteste. – »Ich hab' oben auf den Taubenstall gestanden.« – Wie sie das hörte, trieb sie der Neid und sie befahl, daß der Taubenstall gleich sollte niedergerissen werden.

Aschenputtel aber mußte sie wieder kämmen und putzen; da sagte die jüngste, die noch ein wenig Mitleid im Herzen hatte: »Aschenputtel, wenns dunkel ist, kannst du hinzugehen und von außen durch die Fenster gucken!« – »Nein, sagte die älteste, das macht sie nur faul, da hast du einen Sack voll Wicken, Aschenputtel, da lese die guten und bösen auseinander und sey fleißig, und wenn du sie morgen nicht rein hast, so schütte ich dir sie in die Asche und du mußt hungern, bis du sie alle herausgesucht hast.«

Aschenputtel setzte sich betrübt auf den Heerd und schüttete die Wicken aus. Da flogen die Tauben wieder herein und thaten freundlich: »Aschenputtel, sollen wir dir die Wicken lesen?« »Ja, –

die schlechten ins Kröpfchen,
die guten ins Töpfchen.«

Pick, pick! pick, pick! gings so geschwind, als wären zwölf Hände da. Und als sie fertig waren, sagten die Tauben: »Aschenputtel, willst du auch auf den Ball gehen und tanzen?« – »O du mein Gott, sagte es, wie kann ich in meinen schmutzigen Kleidern hingehen?« – »Geh zu dem Bäumlein auf deiner Mutter Grab, schüttele daran und wünsche dir schöne Kleider, komm aber vor Mitternacht wieder.« – da ging Aschenputtel hinaus, schüttelte das Bäumlein und sprach:

»Bäumlein rüttel und schüttel dich,
wirf schöne Kleider herab für mich!«

Kaum hatte es das ausgesagt, da lag ein prächtig silbern Kleid vor ihm, Perlen, seidene Strümpfe mit silbernen Zwickeln und silberne Pantoffel und was sonst dazu gehörte. Aschenputtel trug alles nach Haus, und als es sich gewaschen und angezogen hatte, da war es so schön wie eine Rose, die der Thau gewaschen hat. Und wie es vor die Hausthüre kam, so stand da ein Wagen mit sechs federgeschmückten Rappen und Bediente dabei in Blau und Silber, die hoben es hinein, und so gings im Gallop zu dem Schloß des Königs.

Der Prinz aber sah den Wagen vor dem Thor halten, und meinte eine fremde Prinzessin käme angefahren. Da ging er selbst die Treppe hinab, hob Aschenputtel hinaus und führte es in den Saal. Und als da der Glanz der viel tausend Lichter auf es fiel, da war es so schön, daß jedermann sich darüber verwunderte, und die Schwestern standen auch da und ärgerten sich, daß jemand schöner war wie sie, aber sie dachten nimmermehr, daß das Aschenputtel wäre, das zu Haus in der Asche lag. Der Prinz aber tanzte mit Aschenputtel und ward ihm königliche Ehre angethan. Er gedachte auch bei sich: ich soll mir eine Braut aussuchen, da weiß ich mir keine als diese. Für so lange Zeit in Asche und Traurigkeit lebte Aschenputtel nun in Pracht und Freude; als aber Mitternacht kam, eh' es zwölf geschlagen, stand es auf, neigte sich und wie der Prinz bat und bat, so wollte es nicht länger bleiben. Da führte es der Prinz hinab, unten stand der Wagen und wartete, und so fuhr es fort in Pracht wie es gekommen war.

Als Aschenputtel zu Haus war, ging es wieder zu dem Bäumlein auf der Mutter Grab:

»Bäumlein rüttel dich und schüttel dich!
nimm die Kleider wieder für dich!«

Da nahm der Baum die Kleider wieder, und Aschenputtel hatte sein altes Aschenkleid an, damit ging es zurück, machte sich das Gesicht staubig und legte sich in die Asche schlafen.

Am Morgen darauf kamen die Schwestern, sahen verdrießlich aus und schwiegen still. Aschenputtel sagte: »ihr habt wohl gestern Abend viel Freude gehabt« – »Nein, es war eine Prinzessin da, mit der hat der Prinz fast immer getanzt, es hat sie aber niemand gekannt und niemand gewußt, woher sie gekommen ist.« – »Ist es vielleicht die gewesen, die in den prächtigen Wagen mit den sechs Rappen gefahren ist?« sagte Aschenputtel. – »Woher weißt du das?« – »Ich stand in der Hausthüre, da sah ich sie vorbeifahren,« – »In Zukunft bleib bei deiner Arbeit, sagte die älteste und sah Aschenputtel böse an, was brauchst du in der Hausthüre zu stehen.«

Aschenputtel mußte zum drittenmal die zwei Schwestern putzen, und zum Lohn gaben sie ihm eine Schüssel mit Erbsen, die sollte sie rein lesen; »und daß du dich nicht unterstehst von der Arbeit wegzugehen,« rief die älteste noch nach. Aschenputtel gedachte: wenn nur meine Tauben nicht ausbleiben, und das Herz schlug ihm ein wenig. Die Tauben aber kamen wie an dem vorigen Abend und sagten: »Aschenputtel, sollen wir dir die Erbsen lesen?« – »Ja,

die schlechten ins Kröpfchen,
die guten ins Töpfchen.«

Die Tauben pickten wieder die bösen heraus, und waren bald damit fertig, dann sagten sie: »Aschenputtel, schüttele das Bäumlein, das wird dir noch schönere Kleider herunter werfen, geh auf den Ball, aber hüte dich, daß du vor Mitternacht wieder kommst.« Aschenputtel ging hin:

»Bäumlein rüttel dich und schüttel dich,
wirf schöne Kleider herab für mich.«

Da fiel ein Kleid herab noch viel herrlicher und prächtiger als das vorige, ganz von Gold und Edelgesteinen, dabei goldgezwickelte[4] Strümpfe und goldene Pantoffel; und als Aschenputtel damit angekleidet war, da glänzte es recht, wie die Sonne am Mittag. Vor der Thüre hielt ein Wagen mit sechs Schimmeln, die hatten hohe weiße Federbüsche auf dem Kopf, und die Bedienten waren in Roth und Gold gekleidet. Als Aschenputtel ankam, stand schon der Prinz auf der Treppe und führte sie in den Saal.

Und waren gestern alle über ihre Schönheit erstaunt, so erstaunten sie heute noch mehr und die Schwestern standen in der Ecke und waren blaß vor Neid, und hätten sie gewußt, daß das Aschenputtel war, das zu Haus in der Asche lag, sie wären gestorben vor Neid.

Der Prinz aber wollte wissen, wer die fremde Prinzessin sey, woher sie gekommen und wohin sie fahre, und hatte Leute auf die Straße gestellt, die sollten Acht darauf haben, und damit sie nicht so schnell fortlaufen könne, hatte er die Treppe ganz mit Pech bestreichen lassen. Aschenputtel tanzte und tanzte mit dem Prinzen, war in Freuden und gedachte nicht an Mitternacht. Auf einmal, wie es mitten im Tanzen war, hörte es den Glockenschlag, da fiel ihm ein, wie die Tauben es gewarnt, erschrak und eilte zur Thüre hinaus und flog recht die Treppe hinunter. Weil die aber mit Pech bestrichen war, blieb einer von den goldenen Pantoffeln festhängen, und in der Angst dacht es nicht daran, ihn mitzunehmen. Und wie es den letzten Schritt von der Treppe that, da hatt' es zwölf ausgeschlagen, da war Wagen und Pferde verschwunden und Aschenputtel stand in seinen Aschenkleidern auf der dunkeln Straße. Der Prinz war ihm nachgeeilt, auf der Treppe fand er den goldenen Pantoffel, riß ihn los und hob ihn auf, wie er aber unten hinkam, war alles verschwunden; die Leute auch, die zur Wache ausgestellt waren, kamen und sagten, daß sie nichts gesehen hätten.

Aschenputtel war froh, daß es nicht schlimmer gekommen war, und ging nach Haus, da steckte es sein trübes Oel-Lämpchen an, hängte es in den Schornstein und legte sich in die Asche. Es währte nicht lange, so kamen die beiden Schwestern auch und riefen: »Aschenputtel, steh auf und leucht uns.« Aschenputtel gähnte und that als wacht es aus dem Schlaf. Bei dem Leuchten aber hörte es, wie die eine sagte: »Gott weiß, wer die verwünschte Prinzessin ist, daß sie in der Erde begraben läg! der Prinz hat nur mit ihr getanzt und als sie weg war, hat er gar nicht mehr bleiben wollen und das ganze Fest hat ein Ende gehabt.« – »Es war recht, als wären alle Lichter auf einmal ausgeblasen worden,« sagte die andere. Aschenputtel wußte wohl wer die fremde Prinzessin war, aber es sagte kein Wörtchen.

Der Prinz aber gedachte, ist dir alles andere fehlgeschlagen, so wird dir der Pantoffel die Braut finden helfen, und ließ bekannt machen, welcher der goldene Pantoffel passe, die solle seine Gemahlin werden. Aber allen war er viel zu klein, ja manche hätten ihren Fuß nicht hineingebracht, und wären die zwei Pantoffel ein einziger gewesen. Endlich kam die Reihe auch an die beiden Schwestern, die Probe zu machen; sie waren froh, denn sie hatten kleine schöne Füße und glaubten, uns kann es nicht fehlschlagen, wär der Prinz nur gleich zu uns gekommen. »Hört, sagte die Mutter heimlich, da habt ihr ein Messer, und wenn euch der Pantoffel doch noch zu eng ist, so schneidet euch ein Stück vom Fuß ab, es thut ein bischen weh, was schadet das aber, es vergeht bald und eine von euch wird Königin.« Da ging die älteste in ihre Kammer und probirte den Pantoffel an, die Fußspitze kam hinein, aber die Ferse war zu groß, da nahm sie das Messer und schnitt sich ein Stück von der Ferse, bis sie den Fuß in den Pantoffel hineinzwängte. So ging sie heraus zu dem Prinzen, und wie der sah, daß sie den Pantoffel anhatte, sagte er, das sey die Braut, führte sie zum Wagen und wollte mit ihr fortfahren. Wie er aber ans Thor kam, saßen oben die Tauben und riefen:

»Rucke di guck, rucke di guck!
Blut ist im Schuck: (Schuh)
Der Schuck ist zu klein,
Die rechte Braut sitzt noch daheim!«

Der Prinz bückte sich und sah auf den Pantoffel, da quoll das Blut heraus, und da merkte er, daß er betrogen war, und führte die falsche Braut zurück. Die Mutter aber sagte zur zweiten Tochter: »nimm du den Pantoffel, und wenn er dir zu kurz ist, so schneide lieber vorne an den Zehen ab.« Da nahm sie den Pantoffel in ihre Kammer, und als der Fuß zu groß war, da biß sie die Zähne zusammen und schnitt ein groß Stück von den Zehen ab, und drückte den Pantoffel geschwind an. Wie sie damit hervortrat, meinte er, das wäre die rechte und wollte mit ihr fortfahren. Als er aber in das Thor kam, riefen die Tauben wieder:

»Rucke di guck, rucke di guck!
Blut ist im Schuck:
Der Schuck ist zu klein,
Die rechte Braut sitzt noch daheim!«

Der Prinz sah nieder, da waren die weißen Strümpfe der Braut roth gefärbt und das Blut war hoch herauf gedrungen. Da brachte sie der Prinz der Mutter wieder und sagte: »das ist auch nicht die rechte Braut; aber ist nicht noch eine Tochter im Haus.« »Nein, sagte die Mutter, nur ein garstiges Aschenputtel ist noch da, das sitzt unten in der Asche, dem kann der Pantoffel nicht passen.« Sie wollte es auch nicht rufen lassen, bis es der Prinz durchaus verlangte. Da ward Aschenputtel gerufen und wie es hörte, daß der Prinz da sey, wusch es sich geschwind Gesicht und Hände frisch und rein; und wie es in die Stube trat, neigte es sich, der Prinz aber reichte ihr den goldenen Pantoffel und sagte: »probier ihn an! und wenn er dir paßt, wirst du meine Gemahlin.« Da streift es den schweren Schuh von dem linken Fuß ab, setzt ihn auf den goldenen Pantoffel und drückte ein klein wenig, da stand es darin, als wär er ihm angegossen. Und als es sich aufbückte[5], sah ihm der Prinz ins Gesicht, da erkannte er die schöne Prinzessin wieder und rief: »das ist die rechte Braut.« Die Stiefmutter und die zwei stolzen Schwestern erschracken und wurden bleich, aber der Prinz führte Aschenputtel fort und hob es in den Wagen, und als sie durchs Thor fuhren, da riefen die Tauben:

»Rucke di guck, rucke di guck!
Kein Blut im Schuck:
Der Schuck ist nicht zu klein,
Die rechte Braut, die führt er heim!«[6]

Mädchen ohne Hände.

1812

Ein Müller, der so arm war, daß er nichts weiter hatte, als seine Mühle und einen großen Apfelbaum dahinter, ging in den Wald Holz holen. Da trat ihn ein alter Mann an, der sprach: was quälst du dich so sehr, ich will dich reich machen, verschreib mir dafür, was hinter deiner Mühle steht, in drei Jahren will ichs abholen. Der Müller denkt: das ist mein Apfelbaum, sagte ja, und verschriebs dem Manne. Wie er nach Haus kommt, sagt seine Frau zu ihm: »Müller, woher kommt der große Reichthum, der auf einmal Kisten und Kasten in unserm Haus angefüllt hat?« – das kommt von einem alten Mann aus dem Wald, ich hab ihm dafür verschrieben, was hinter der Mühle steht. – »Ach Mann, sprach die Frau erschrocken, das wird schlimm werden, der alte Mann war der Teufel und er hat unsere Tochter damit gemeint, die hat gerad hinter der Mühle gestanden und den Hof gekehrt.«

Die Müllerstochter war aber gar schön und fromm, und nach drei Jahren kam der Teufel ganz früh und wollte sie holen, aber sie hatte mit Kreide einen Kranz um sich gemacht und sich rein gewaschen. Da konnte der Teufel nicht zu ihr kommen, zornig sprach er zu dem Müller: »thu ihr alles Waschwasser weg, daß sie sich nicht mehr waschen kann, und ich Gewalt über sie habe.« Der Müller fürchtete sich und that es. Am andern Tag kam der

Teufel wieder, aber sie hatte auf ihre Hände geweint und sich mit ihren Thränen gewaschen, und war ganz rein; da konnte ihr der Teufel abermals nicht nahen, ärgerte sich sehr und befahl dem Müller: »hau ihr die Hände ab, daß ich ihr was anhaben kann.« Der Müller aber entsetzte sich und antwortete: wie könnte ich meinem lieben Kind die Hände abhauen, nein, das thu ich nicht. »Weißt du was, so hol ich dich selber, wenn dus nicht thust!« Da fürchtete sich der Müller gewaltig und versprach ihm in der Angst, zu thun was er befohlen hätte. Ging zu seiner Tochter und sprach: mein Kind, der Teufel wird mich holen, wenn ich dir nicht beide Hände abhaue, und da habe ich es ihm versprochen, ich bitte dich um Verzeihung. »Vater, sagte sie, macht mit mir was ihr wollt,« legte ihre beiden Hände hin und ließ sie abhauen. Zum drittenmal kam der Teufel, allein sie hatte so lang und viel auf ihre Stümpfe geweint, daß sie doch ganz rein wurde, da hatte der Teufel alles Recht an ihr verloren.

Der Müller, weil er so großes Gut durch sie gewonnen hatte, versprach ihr nun, er wolle sie Zeitlebens aufs köstlichste halten, allein sie mochte nicht mehr dableiben: »ich will fort von hier, mitleidige Menschen werden mir schon soviel geben, als ich zum Leben brauche.« Die beiden abgehauenen Hände ließ sie sich auf den Rücken binden; mit Sonnenaufgang zog sie fort und ging und ging den ganzen Tag, bis es Abend wurde, da kam sie zu des Königs Garten. In der Gartenhecke war eine Lücke, durch die ging sie hinein, fand einen Obstbaum, den schüttelte sie mit ihrem Leib, und wie die Aepfel zur Erde fielen, bückte sie sich nieder und hob sie mit ihren

Zähnen auf und aß sie. Zwei Tage lebte sie so, am dritten aber kamen die Wächter des Gartens, die sahen sie, nahmen sie gefangen und warfen sie ins Gefangenhaus, des andern Morgens wurde sie vor den König geführt, und sollte Landes verwiesen werden. Ei, sprach der Königssohn, sie kann ja lieber die Hüner auf dem Hof hüten!

So blieb sie eine Zeitlang da und hütete die Hüner, der Königssohn aber sah sie oft und gewann sie von Herzen lieb; mittlerweile kam nun die Zeit, daß er sich vermählen sollte. Da wurde ausgeschickt in alle weite Welt, um ihm eine schöne Gemahlin auszusuchen. »Ihr braucht nicht weit zu suchen und zu senden, sprach er, ich weiß mir eine ganz in der Nähe.« Der alte König besann sich hin und her und es war ihm keine Jungfrau im Land bekannt, die schön und reich wäre: »du wirst doch nicht etwa gar die da wollen heirathen, die die Hüner im Hofe hütet?« Der Sohn aber erklärte, er würde nimmermehr eine andere nehmen, da mußte es endlich der König zugeben, und bald darauf starb er; der Königssohn folgte ihm im Reich nach, und lebte in soweit glücklich mit seiner Gemahlin.

Nun mußte aber einmal der König in den Krieg ziehen und während seiner Abwesenheit gebar sie ein schönes Kind, und sandte einen Boten mit einem Brief ab, worin sie ihrem Gemahl die frohe Nachricht meldete. Der Bote ruhte unterwegs an einem Bache und schlief ein, da kam der Teufel, der ihr immer zu schaden trachtete, und vertauschte den Brief mit einem andern, worin stand, daß die Königin einen Wechselbalg[1] zur Welt gebracht hätte. Der König, als er den Brief las, betrübte sich sehr, doch schrieb er zur Antwort: man solle die Königin und das

Kind wohl halten, bis zu seiner Rückkunft. Der Bote ging mit dem Brief zurück und als er am nämlichen Platz ruhte und eingeschlafen war, nahte sich der böse Teufel wieder, und schob einen andern Brief unter, worin der König befahl, Königin und Kind aus dem Land zu jagen. Dies mußte nun so geschehen, so sehr auch alle Leute vor Traurigkeit weinten: »ich bin nicht hierhergekommen, um Königin zu werden, ich habe kein Glück und verlange auch keins, bindet mir mein Kind und die Hände auf den Rücken, so will ich in die Welt ziehen.« Abends kam sie in einen dicken Wald zu einem Brunnen, wobei ein guter alter Mann saß. »Seyd doch so barmherzig, sprach sie, und haltet mir mein Kind an die Brust, so lange bis ich ihm zu trinken gegeben habe« welches der Mann that, und darauf sagte er zu ihr: »dort steht ein dicker Baum, zu dem geh hin und schlinge deine abgestumpften Arme dreimal um ihn!« und als sie es gethan, wuchsen ihr die Hände wieder an. Darauf zeigte er ihr ein Haus: »darin wohne und geh nicht heraus und mache niemand die Thür auf, der nicht dreimal um Gotteswillen darum bittet.«

Indessen war der König nach Haus gekommen und sah ein, wie er betrogen worden war. In der Begleitung eines einzigen Dieners machte er sich auf, und nach einer langen Reise verirrte er sich endlich gerade in der Nacht in demselben Walde, wo die Königin wohnte, er wußte aber nicht, daß sie ihm so nah war. Dort hinten, sprach der Diener, glimmt ein Lichtchen in einem Haus, gottlob, da können wir ruhen. – »ach nein, sprach der König, ich will nicht so lange rasten, und weiter nach meiner geliebten Frau suchen, eher habe ich doch keine Ruhe.« Allein der Diener bat so viel und klagte so über Müdigkeit, daß der König, aus Mitleid einwilligte. Wie sie zu dem Haus kamen, schien der Mond und sie sahen die Königin am Fenster stehen. »Ach, das muß unsere Königin seyn, so gleicht sie ihr« sagte der Diener, aber ich sehe doch, daß sie es nicht ist, denn diese da hat Hände. Der Diener sprach sie nun um Herberg an, aber sie sagte es ab, weil er nicht um Gotteswillen gebeten hatte. Er wollte weiter gehen, und einen andern Platz zum Nachtlager suchen; da trat der König selbst hinzu: »lasset mich ein, um Gotteswillen! nicht eher darf ich euch einlassen, bis ihr mich dreimal um Gotteswillen gebeten habt,« und wie der König noch zweimal gebeten hatte, machte sie auf, da kam sein Söhnlein herausgesprungen führte ihn zur Mutter hin, und er erkannte sie alsobald für seine geliebte Frau. Den andern Morgen reisten sie allemiteinander in ihr Land, und wie sie zum Haus heraus waren, war es hinter ihnen verschwunden.[2]

Van den Machandel-Boom.

1812 – niederdeutsches Original

Dat is nu all lang her, woll twee dusent Joor, do was daar een riik Mann, de hadde eene schöne frame Fru, un se hadden sick beede seer leef, hadden averst kene Kinner, se wünschten sick averst seer welke, un de Fru bedt' so veel dorum Dag un Nacht, man se kregen keen und kregen keen. Vör eeren Huse was een Hoff, darup stund een Machandelboom, ünner den stund de Fru eens in'n Winter, un schellt sick eenen Appel, un as se sick den Appel so schellt, so sneet se sick in'n Finger, un dat Blood feel in den Snee – ach! sed de Fru, un süft so recht hoch up, un sach dat Blood för sick an, un was so recht wehmödig, hadd ick doch een Kind so rood as Blood un so witt as Snee! – un as se dat sed, so wurd eer so recht frölich to Moode, eer was recht, as sull dat wat warden; daar ging se to den Huse un ging een Maand hen, de Snee vörging, un twee Maand, daar was dat grön, un dree Maand, daar kemen de Blömer ut de Eerde, un veer Maand, daar drungen sick alle Bömer in dat Holt, un de grönen Twige weeren all in een anner wussen; daar sungen de Vägelkens, dat dat ganze Holt schallt, un de Bleujten felen van de Bömer, daar was de fyfte Maand weg, un se stund ünner den Machandelboom, de rook so schön; do sprung eer dat Hart vör Freuden, un se feel up eere Knee un kunde sick nich laten, un as de söste Maand vörbi was, daar wurden de

Früchte dick un stark, do wurd se ganz still, un de söwende Maand, do greep se na de Machandelbeeren un att se so nidsch, do wurd se trurig un krank; daar ging de achte Maand hen, un se reep eeren Mann, un weende un sed: wenn ick starve, so begrave my ünner den Machandelboom! do wurde se ganz getrost un freute sick, bett de neegte Maand vörby was, daar kreeg se een Kind, so witt as Snee un so rood as Blood; un as se dat sach, so freute se sick so, dat se sturv.

Daar begroof eer Maan se ünner den Machandelboom, un he fung an to weenen so seer; eene Tyd lang do wurd dat wat sachter, un daar he noch wat weend hadd, do heel he up, un noch eene Tyd, do nam he sick wedder eene Fru.

Mit de tweete Fru kreeg he eene Dochter, dat Kind averst van de eerste Fru was een lüttje Sön, un was so rood as Blood un so witt as Snee. Wenn de Fru eere Dochter so ansah, so had se se so lleef, averst denn sach se den lüttjen Jung an, un dat ging eer so dorch't Hart, un eer dücht, as stund he eer allerwegen in'n Weg, un dacht denn man ümmer, wo se eer Dochter all dat Vörmögent towenden wull, un de Böse gav eer dat in, dat se den lüttjen Jung ganz gram wurd, un stöd em herüm van een Ek in de anner, un bust em hier un knuft em daar, so dat dat arme Kind ümmer in Angst was; wenn he denn ut de School kam, so hadd he keene ruhige Stede.

Eens was de Fru up de Kamer gaan, do kamm de lüttje Dochter ook herup un sed: Moder giv my eenen Appel! Ja myn Kind, sed de Fru, un gav eer eenen schönen Appel uut de Kist, de Kist averst had eenen grooten swaaren Deckel mit een groot schaarp ysern Slott. Moder, sed de lüttje Dochter, schall Broder nich ook eenen hebben? Dat vördrot de Fru, doch sed se: ja, wenn he ut de School kümmt; un as se ut dat Finster gewaar wurde, dat he kamm, so was dat recht, as wenn de Böse över eer kamm, un se grapst to, un nam eerer Dochter den Appel wedder weg un sed: »du sast nich eer eenen hebben, as Broder.« Daar smeet se den Appel in de Kist un maakt de Kist to; daar kamm de lüttje Jung in de Dör, daar gav eer de Böse in, dat se früntlich to em sed: »myn Sön, wist du eenen Appel hebben?« un sach em so hastig an. »Moder, sed de lüttje Jung, wat sühst du gresig ut, ja giv my eenen Appel!« Daar was eer, as sull se em toreden: »kumm mit my,« sed se, un maakt den Dekkel up, »haal dy eenen Appel herut,« un as sick de lütt Jung henin bückt, so reet eer de Böse, bratsch – sloog se den Dekkel to, dat de Kop af floog un ünner de rooden Appel seel. Daar äverleep eer dat in de Angst, un dacht: »kund ick dat van my bringen.« Daar ging se baben na eere Stuve na eeren Draagkasten un haalt ut de bävelste Schuuflade eenen witten Dook, un sett den Kopp wedder up den Hals un bund den Halsbook so um, dat man niks seen kund, un sett em vör de Dör up eenen Stool un gav em den Appel in de Hand.

Daar kamm daarna Marleenken to eere Moder in de Köke, de stund by den Füür un had eenen Pott mit heet Water för sik, den rüürt se ümmer um: »Moder, sed Marleenken, Broder sitt vör de Döör un süüt ganz witt ut, un hedd eenen Appel in de Hand, ick hev em beden, he sull my den Appel geven, averst he antwoord my nich, da wurd my ganz gruulig.« »Ga nochmal hen, sed de Moder, un wenn he dy nich antwoorden will, so giv em eens an de

Ooren!« Daar ging Marleenken hen un sed: »Broder giv my den Appel!« averst he sweeg still, daar gav se em eens up de Ooren, daar feel de Kop herünn, daräver varschrak se sick, un fung an to weenen un to raaren, un leep to eere Moder un sed: »ach, Moder, ick hebb minen Broder den Kopp afslagen!« un weend un weend un wull sick nich tofreden geven: »Marleenken, sed de Moder, wat hest du daan – averst swig man still, dat et keen Minsch markt, dat is nu doch nich to ännern; wi willen em in suur kaaken.« Daar nam de Moder den lüttjen Jungen un hackt em in Stükken, ded de in den Pott un kaakt em in suur; Marleenken averst stund daarby un weend un weend, un de Traanen feelen all in den Pott, un se bruukten gar keen Solt.

Daar kamm de Vader to Huus un sett sick to Disch, un sed: »wo is denn min Sön?« Dar drog de Moder eene groote, groote Schöttel op mit swart Suur, un Marleenken weend un kund sick nich hollen. Da sed de Vader wedder: »wo is den min Sön?« »Ach, sed de Moder, he is över Land gaan, na Mütten eer groot Oem, he wull daar wat bliven.« »wat deit he denn daar? un hed my nich mal Adjüs segd?« »o he wuld geern hen, un bed my, ob he daar woll sös Weken bliven kun, he is so woll daar uphaben.« »Ach, sed de Mann, my is so recht trurig, dat is doch nich recht, he had my doch Adjüs seggen schullt.« Mit des fung he an to eeten un sed: »Marleenken, wat weenst du? Broder ward woll wedder kamen.« »Ach Fru, sed he do, wat smeckt my dat Eten schön, giv my meer!« un je meer he at, je meer wuld he hebben, un sed: »gevt my meer, gy sölt niks daaraf hebben, dat is as wenn dat all myn weer,« un he att un att, un de Knaken smeet he all unner den Disch, bett he alles up had. Marleenken averst ging hen na eere Commode un namm uut de unnerste Schuuf eeren besten syden Dook, un haalt all de Beenken un Knaken ünner den Disch herut, un bund se in den syden Dook, un drog se vör de Döör, un weente eere blödigen Traanen; daar legd se se unner den Machandelboom in dat gröne Gras, un as se se daar henlegd hadd, so was eer mit eenmal so recht licht, un weente nich meer, do fung de Machandelboom an sich to bewegen, un de Twyge deden sich ümmer so recht van eenanner, un denn wedder tohop, so recht, as wenn sick eener so recht fröit un mit de Hände so deit. Mit des, so ging daar so'n Newel van den Boom, un recht in den Newel da brennt dat as Füür, un ut dat Füür daar flog so'n schönen Vagel herut, de sung so herlich un flog hoch in de Luft, un as he weg was, do was de Machandelboom, as he vörheer west was, un de Dook mit de Knaken was weg, – Marleenken averst was so recht licht un vergnögt, recht as wenn de Broder noch leeft, daar ging se wedder ganz lustig in dat Huus by Disch un att.

De Vagel averst floog weg, un sett' sick up eenen Goldsmitt siin Hus un fung an to singen:

Min Moder de mi slacht't,
min Vader de mi att,
min Swester de Marleeniken
söcht alle mine Beeniken,
un bindt se in een siden Dook,
legts unner den Machandelboom;
kywitt, kywitt! ach watt een schön Vagel bin ick!

De Goldsmitt satt in sine Warkstede un maakt eene

goldne Kede, daar hörd he den Vagel, de up sin Dack satt un sung, un dat dünkt em so schön; daar stund he up, un as he äver den Süll ging, so vörloor he eenen Tüffel; he ging aver so recht midden up de Strate, eenen Tüffel un een Sock an, sin Schortfell had he vör, un in de een Hand had he de golden Kede, un in de anner de Tang, un de Sünn schiint so hell up de Strate, daar ging he recht so staan un sach den Vagel an: »Vagel, segd he do, wo schön kanst du singen, sing my dat Stük nochmal.« – Nee, segd de Vagel, tweemal sing ick nich umsünst, giv mi de golden Kede, so wil ick di et nochmal singen. »Da, segd de Goldsmitt, hest du de golden Kede, nu sing mi dat nochmal.« Daar kam de Vagel un nam de golden Ked so in de rechte Krall, un ging vör den Goldsmitt sitten un sung:

Min Moder de mi slacht't,
min Vader de mi att,
min Swester de Marleeniken
söcht alle mine Beeniken
un bindt se in een siden Dook
legts unner den Machandelboom,
kywitt, kywitt! ach watt een schön Vagel bin ick.

Daar flog de Vagel weg na eenen Schooster un sett sick up den siin Dack un sung:

Min Moder de mi slacht't,
min Vader de mi att,
min Swester de Marleeniken,
söcht alle mine Beeniken
un bindt se in een siden Dook,
legts unner den Machandelboom,
kywitt, kywitt! ach watt een schön Vagel bin ick!

de Schooster hörd dat, un leep vör sin Döör, in Hemdsarmel und sach na siin Dack, un must de Hand vör de Oogen holln, dat de Sünn em nich blendt: »Vagel, segd he, wat kanst du schön singen!« Da reep he in siin Döör herin: »Fru, kumm mal herut, daar is een Vagel, sü mal den Vagel de kann mal schön singen, da reep he siin Dochter un Kinner un Gesellen, Jung un Magd, un keemen all up de Straat, un segen den Vagel an, wo schön he was, un he hadd so recht roode, un gröne Feddern, un um den Hals was dat as luter Gold, un de Oogen blinkten em in Kopp, as Steern.« »Vagel, sed de Schoster, nu sing mi dat Stük nochmal.« Nee, segd de Vagel, twee mal sing ick nich umsünst, du möst my wat schenken. »Fru sed de Mann, ga na de Dön-böhn up den bövelsten Boord, do staan een paar roode Scho, de bring herunn;« daar ging de Fru hen un haalt de Scho. »Da Vagel, sed de Mann, nu sing mi dat Stük noch mal,« daar kamm de Vagel un namm de Scho in de linke Klau, und flog wedder up dat Dack un sung:

Min Moder de mi slacht't
min Vader de mi att,
min Swester de Marleeniken,
söcht alle mine Beeniken,
un bindt se in een siden Dook
legts unner den Machandelboom,
kywitt, kywitt! ach wat een schön Vagel bin ick:

un as he utsungen hadd, so floog he weg, de Kede hadd he in de rechte un de Scho in de linke Klau, un he floog wyt weg na eene Mähl, un de Mähl ging klippe klappe, – klippe klappe – klippe klappe – un in de Mähl daar seeten twintig Mählenburschen, de haugten eenen Steen un hackten hick hack – hick hack – hick hack, un de Mähl ging klippe klappe, klippe klappe, klippe klappe. Daar ging de Vagel up eenen Lindenboom sitten, de vör de Mähl stund un sung:

»Min Moder de mi slacht't«
do hörte een up,
»min Vader de mi att«
do hörten noch twee up, un hörten dat:
»min Swester de Marleeniken«
do hörten wedder veer up,
»söcht alle mine Beeniken
un bindt se in een siden Dook«

nu hackten noch man acht

»legts unner
nu noch man fyve
den Machandelboom
nu noch man een
kywitt, kywitt! ach wat een schön Vagel bin ick.«

daar heel de lezte ook up, un hadd dat lezte noch hörd. »Vagel, segd he, wat singst du schön, laat my dat ook hören, sing my dat noch mal!« Nee, segd de Vagel, twee mal sing ick nich umsünst, giv my den Mählensteen, so will ick dat noch mal singen. »Ja, segd he, wenn he mi allen hörd, so sust du em hebben,« »ja, seden de annern, wenn he nochmal singt, so sall he em hebben;« dar kamm de Vagel herün, un de Möllers faat'n all twintig mit Bööm an, un böörten den Steen up, hu uh up, hu uh ihp! – hu uuh uhp! daar stack de Vagel den Hals döör dat Lock, un nam üm as eenen Kragen un floog wedder up den Boom, un sung:

Min Moder de mi slacht't
min Vader de mi att,
min Swester de Marleeniken,
söcht alle mine Beeniken,
un bindt se in een siden Dook,
legts unner den Machandelboom,
kywitt, kywitt! ach wat een schön Vagel bin ick!

un as he dat utsungen hadd, da ded he de Flünk van eenanner, un had in de rechte Klau de Kede un in de linke de Scho un üm den Hals den Mählensteen un floog wiit weg na sines Vaders Huse. – In de Stuve satt de Vader, de Moder un Marleenken by Disch, un de Vader sed: ach wat waart mi licht, mi is recht so good to Mode – nee! sed de Moder, my is so angst, so recht, as wenn een swaar Gewitter kümmt. Marleenken averst satt un weend un weend, daar kamm de Vagel auflegen, un as he sick up dat Dack sett – ach segd de Vader, mi is so recht freudig un de Sünn schiint buten so schön, my is recht as süll ick eenen ollen Bekannten wedderseen, – nee, sed de Fru, my is so Angst, de Teene klappern mi un dat is mi as Füür in de Adern, un se reet sick eer Liifken up un so meer; averst Marleenken satt in een Eck un weende un had eeren Platen vor de Oogen, un weende den Platen gans messnatt; daar sett sick de Vagel up den Machandelboom un sung:

Min Moder de mi slacht't

daar heel de Moder de Ooren to, un kneep de Oogen to, un wold nich seen un hören, aver dat bruuste eer in de Ooren, as de allerstarkst Storm, un de Oogen brennten eer un zackten as Bliz:

min Vader de mi att,

Ach Moder, segd de Mann, daar is een schön Vagel, de singt so herlich, de Sünn schiint so warm, un dat rückt as luter Zinnemamen

min Swester de Marleeniken

daar led Marleenken den Kopp up de Knee un weende in eens weg, de Mann averst sed: ick ga herut, ick mut den Vagel dicht by sehn; – »ach, ga nich, sed de Fru, my is as bevt dat ganze Huus, un stünn in Flammen;« aver de Mann ging herut un sach den Vagel an:

söcht alle mine Beeniken
un bindt se in een siden Dook,
legts unner den Machandelboom,
kywitt, kywitt! ach wat een schön Vagel bin ick!

mit des leet de Vagel de golden Kede fallen, un se feel den Mann jüst um den Hals, so recht hier herüm, dat se recht so schön past; daar ging he herin un sed: »sü wat is dat vör een schön Vagel, hett mi so ne schöne goldne Kede schenkt, un süht so schöne ut;« de Fru aver was so Angst un feel langs in de Stuve hen, un de Mütz feel eer van den Kopp – daar sung de Vagel wedder:

Min Moder de mi slacht't

ach dat ick dusend Fuder unner de Eerde weer, dat ick dat nich hören sull!

min Vader de mi att,

daar feel de Fru vör dood nedder,

min Swester de Marleeniken,

ach, sed Marleenken, ick wil ook herut gan un seen op de Vagel mi wat schenkt, daar ging se herut,

söcht alle mine Beeniken
und bindt se in een siden Dook,

daar smeet he eer de Scho herun
legts unner den Machandelboom,
kywitt, kywitt! ach wat een schön Vagel bin ick!

Daar was eer so licht un frölich, daar truck se de nien rooden Scho an, un danst un spring herinn; ach, sed se, ick was so trurig as ick herut ging, un nu is mi so licht, dat is mal een herlichen Vagel, het mi een Paar roode Scho schenkt! »nee,« sed de Fru, un sprung up, un de Har stunnen eer to Barge as Füürsflammen, »mi is as sull de Werld unner gahn, ick wil ook herut, op mi lichter warden sull,« un as se ut de Döör kamm – bratsch! – smeet eer de Vagel den Mählensteen up den Kopp, dat se ganz tomatsch; de Vader un Marleenken hörden dat un gingen herut, dar ging een Damp un Flam un Füür up van de Steed, un as dat vorby was, da stund de lüttje Broder, un he namm sinen Vader un Marleenken bi de Hand, un weeren alldree so recht vergnögt un gingen in dat Huus by Disch un eeten.

Vom Wacholderbaum

hochdeutsche Version

Das ist nun lange her, wohl an die zweitausend Jahre, da war einmal ein reicher Mann, der hatte eine schöne fromme Frau. Sie hatten sich beide sehr lieb, hatten jedoch keine Kinder. Sie wünschten die sich aber so sehr. Die Frau betete darum Tag und Nacht; aber sie kriegten und kriegten keine. Vor ihrem Hause war ein Hof, darauf stand ein Wacholderbaum. Unter dem stand die Frau einstmals im Winter und schälte sich einen Apfel, und als sie sich den Apfel so schälte, da schnitt sie sich in den Finger, und das Blut fiel in den Schnee. »Ach«, sagte die Frau und seufzte so recht tief auf, und sah das Blut vor sich an, und war so recht wehmütig: »Hätte ich doch ein Kind, so rot wie Blut und so weiß wie Schnee.«

Als sie das sagte, da wurde ihr so recht fröhlich zumute: Ihr war so recht, als sollte es etwas werden. Dann ging sie nach Hause, und es ging ein Monat hin, da verging der Schnee; und nach zwei Monaten, da wurde alles grün; nach drei Monaten, da kamen die Blumen aus der Erde; und nach vier Monaten, da schossen alle Bäume ins Holz, und die grünen Zweige waren alle miteinander verwachsen. Da sangen die Vöglein, dass der ganze Wald erschallte, und die Blüten fielen von den Bäumen, da war der fünfte Monat vergangen, und sie stand immer unter dem Wacholderbaum. Der roch so schön. Da sprang ihr das Herz vor Freude, und sie fiel auf die Knie und konnte sich gar nicht lassen. Und als der sechste Monat vorbei war, da wurden die Früchte dick und stark, und sie wurde ganz still. Und im siebenten Monat, da griff sie nach den Wacholderbeeren und aß sie so begehrlich; und da wurde sie traurig und krank. Da ging der achte Monat hin, und sie rief ihren Mann und weinte und sagte: »Wenn ich sterbe, so begrabe mich unter dem Wacholder.« Da wurde sie ganz getrost und freute sich, bis der neunte Monat vorbei war: da kriegte sie ein Kind so weiß wie der Schnee und so rot wie Blut, und als sie das sah, da freute sie sich so, dass sie starb.

Da begrub ihr Mann sie unter dem Wacholderbaum, und er fing an, so sehr zu weinen. Eine Zeitlang dauerte das, dann flossen die Tränen schon sachter, und als er noch etwas geweint hatte, da hörte er auf, und dann nahm er sich wieder eine Frau.

Mit der zweiten Frau hatte er eine Tochter; das Kind aber von der ersten Frau war ein kleiner Sohn, und war so rot wie Blut und so weiß wie Schnee. Wenn die Frau ihre Tochter so ansah, so hatte sie sie sehr lieb. Dann sah sie den kleinen Jungen an, und das ging ihr so durchs Herz, und es dünkte sie, als stünde er ihr überall im Wege, und sie dachte dann immer, wie sie ihrer Tochter all das Vermögen zuwenden wollte, und der Böse gab es ihr ein, dass sie dem kleinen Jungen ganz gram wurde, und sie stieß ihn aus einer Ecke in die andere, und puffte ihn hier und knuffte ihn dort, so dass das arme Kind immer in Angst war. Wenn er dann aus der Schule kam, so hatte er keinen Platz, wo man ihn in Ruhe gelassen hätte.

Einmal war die Frau in die Kammer gegangen; da kam die kleine Tochter und sagte: »Mutter, gib mir einen Apfel.« »Ja, mein Kind«, sagte die Frau und gab ihr einen schönen Apfel aus der Kiste. Die Kiste aber hatte einen großen schweren Deckel mit einem großen scharfen eisernen Schloss. »Mutter«, sagte die kleine Tochter, »soll der Bruder nicht auch einen haben?« Das verdross die Frau, doch sagte sie: »Ja, wenn er aus der Schule kommt.« Und als sie ihn vom Fenster aus gewahr wurde, so war das gerade, als ob der Böse in sie gefahren wäre, und sie griff zu und nahm ihrer Tochter den Apfel wieder weg und sagte; »Du sollst ihn nicht eher haben als der Bruder.« Da warf sie den Apfel in die Kiste und machte die Kiste zu. Da kam der kleine Junge in die Tür; da gab ihr der Böse ein, dass sie freundlich zu ihm sagte: »Mein Sohn, willst du einen Apfel haben?« und sah ihn dabei jähzornig an. »Mutter«, sagte der kleine Junge, »was siehst du so grässlich aus! Ja, gib mir einen Apfel!« Da war ihr, als sollte sie ihm zureden. »Komm mit mir«, sagte sie und machte den Deckel auf, »hol dir einen Apfel heraus!« Und als der kleine Junge sich hinein bückte, da riet ihr der Böse. Ratsch! Sie schlug den Deckel zu. Das scharfe eiserne Schloss trennte den Kopf ab dass der flog und unter die roten Äpfel fiel. Da überlief sie die Angst, und sie dachte: »Könnt ich das von mir bringen!« Da ging sie hinunter in ihre Stube zu ihrer Kommode und holte aus der obersten Schublade ein weißes Tuch und setzte den Kopf wieder auf den Hals und band das Halstuch so um, dass man nichts sehen konnte. Sie setzte den Jungen vor die Tür auf einen Stuhl und gab ihm den Apfel in die Hand.

Danach kam Mariannchen[1] zu ihrer Mutter in die Küche. Die stand beim Feuer und hatte einen Topf mit heißem Wasser vor sich, den rührte sie immer um. »Mutter«, sagte Mariannchen »der Bruder sitzt vor der Türe und sieht ganz Weiß aus und hat einen Apfel in der Hand. Ich hab ihn gebeten, er soll mir den Apfel geben, aber er antwortet mir nicht; das war mir ganz unheimlich.« »Geh noch einmal hin«, sagte die Mutter, »und wenn er dir nicht antwortet, dann gib ihm eins hinter die Ohren.« Da ging Mariannchen hin und sagte: »Bruder, gib mir den Apfel!« Aber er schwieg still. Da gab sie ihm eins hinter die Ohren. Da fiel der Kopf herunter. Sie erschrak darüber und fing an zu weinen und zu schreien und lief zu ihrer Mutter und schluchzte: »Ach, Mutter, ich hab meinem Bruder den Kopf abhauen«, und weinte und weinte und wollte sich nicht zufrieden geben. »Mariannchen«, sagte die Mutter, »was hast du getan! Aber schweig nur still, dass es kein Mensch merkt; das ist nun doch nicht zu ändern, wir wollen ihn in Sauer kochen[2].« Da nahm die Mutter den kleinen Jungen und hackte ihn in Stücke, tat sie in den Topf und kochte ihn in Sauer. Mariannchen aber stand dabei und weinte und weinte, und die Tränen fielen alle in den Topf, und sie brauchten kein Salz.

Da kam der Vater nach Hause und setzte sich zu Tisch und fragte: »Wo ist denn mein Sohn?« Da trug die Mutter eine große, große Schüssel mit Schwarzsauer auf, und Mariannchen weinte und konnte sich nicht halten. Da fragte der Vater noch einmal: »Wo ist denn mein Sohn?« »Ach«, antwortete die Mutter, »er ist über Land gegangen, zu den Verwandten seiner Mutter; er wollte dort eine Weile bleiben.« »Was tut er denn dort? Er hat mir nicht mal Lebewohl gesagt!« »Oh, er wollte so gern hin und bat mich, ob er dort wohl sechs Wochen bleiben könnte; er ist ja gut aufgehoben dort.« »Ach«, sagte der Mann, »mir ist so recht traurig zumute. Das ist nicht recht. Er hätte mir doch Lebewohl sagen können.« Damit fing er an zu essen und fragte: »Mariannchen, warum weinst du? Der Bruder wird schon wiederkommen.« »Ach Frau«, sagte er dann, »was schmeckt mir das Essen schön! Gib mir mehr!« Und je mehr er aß, um so mehr wollte er haben und sagte: »Gebt mir mehr, ihr sollt nichts davon aufheben, das ist, als ob das alles mein wäre.« Und er aß und aß, und die Knochen warf er alle unter den Tisch, bis er mit allem fertig war. Mariannchen aber ging hin zu ihrer Kommode und nahm aus der untersten Schublade ihr bestes seidenes Tuch und holte all die Beinchen und Knochen unter dem Tisch hervor und band sie in das seidene Tuch und trug sie vor die Tür und weinte blutige Tränen. Dort legte sie sie unter den Wacholderbaum ins grüne Gras, und als sie sie dahin gelegt hatte, da war ihr auf einmal ganz leicht, und sie weinte nicht mehr. Da fing der Wacholder an, sich zu bewegen, und die Zweige gingen immer so voneinander und zueinander, so recht, wie wenn sich einer von Herzen freut und die Hände zusammenschlägt. Dabei ging ein Nebel von dem Baum aus, und mitten in dem Nebel, da brannte es wie Feuer, und aus dem Feuer flog so ein schöner Vogel heraus, der sang so herrlich und flog hoch in die Luft, und als er weg war, da war der Wacholder wie er vorher gewesen war, und das

Tuch mit den Knochen war weg. Mariannchen aber war so recht leicht und vergnügt zumute, so recht, als wenn ihr Bruder noch lebte. Da ging sie wieder ganz lustig nach Hause, setzte sich zu Tisch und aß.

Der Vogel aber flog weg und setzte sich auf' Haus eines Goldschmieds und fing an zu singen:

»Meine Mutter hat mich geschlachtet,
mein Vater aß mich,
mein Schwester Mariannchen,
suchte alle meine Beinchen,
band sie in ein seidenes Tuch,
legte es unter den Wacholder.
Kiwitt, kiwitt, wat vör'n schöön Vagel bün ik!«

Der Goldschmied saß in seiner Werkstatt und machte eine goldene Kette; da hörte er den Vogel, der auf seinem Dach saß und sang, und das dünkte ihn so schön. Da stand er auf, und als er über die Türschwelle ging, da verlor er einen Pantoffel. Er ging aber so recht mitten auf die Straße hin, mit nur einem Pantoffel und einer Socke; sein Schurzfell hatte er vor, und in der einen Hand hatte er die goldene Kette, und in der anderen die Zange; und die Sonne schien so hell auf die Straße. Da stellte er sich nun hin und sah den Vogel an. »Vogel«, sagte er da, »wie schön kannst du singen! Sing mir das Stück noch mal!« »Nein«, sagte der Vogel, »zweimal sing ich nicht umsonst. Gib mir die goldene Kette, so will ich es dir noch einmal singen.« »Da«, sagte der Goldschmied, »hast du die goldene Kette. Nun sing mir das noch einmal!« Da kam der Vogel und nahm die goldene Kette in die rechte Kralle, setzte sich vor den Goldschmied hin und sang:

»Meine Mutter hat mich geschlachtet,
mein Vater aß mich,
mein Schwester Mariannchen,
suchte alle meine Beinchen,
band sie in ein seidenes Tuch,
legte es unter den Wacholder.
Kiwitt, kiwitt, wat vör'n schöön Vagel bün ik!«

Da flog der Vogel fort zu einem Schuster, und setzte sich auf sein Dach und sang:

»Meine Mutter hat mich geschlachtet,
mein Vater aß mich,
mein Schwester Mariannchen,
suchte alle meine Beinchen,
band sie in ein seidenes Tuch,
legte es unter den Wacholder.
Kiwitt, kiwitt, wat vör'n schöön Vagel bün ik!«

Der Schuster hörte das und lief in Hemdsärmeln vor seine Tür und sah zu seinem Dach hinauf und musste die Hand vor die Augen halten, dass die Sonne ihn nicht blendete. »Vogel«, sagte er, »was kannst du schön singen.« Er rief er zur Tür hinein: »Frau, komm mal heraus, da ist ein Vogel; sieh doch den Vogel, der kann mal schön singen.« Dann rief er noch seine Tochter und die Kinder und die Gesellen, die Lehrjungen und die Mägde, und sie kamen alle auf die Straße und sahen den Vogel an, wie schön er war; und er hatte so schöne rote und grüne Federn, und um den Hals war er wie lauter Gold, und die Augen blickten ihm wie Sterne im Kopf. »Vogel«, bat der Schuster, »nun sing mir das Stück noch einmal!« »Nein«, sagte der Vogel, »zweimal sing ich nicht umsonst, du musst mir etwas schenken.« »Frau«, sagte der Mann, »geh auf den Boden, auf dem obersten Wandbrett, da stehen ein paar rote Schuh, die bring mal her!« Da ging die Frau hin und holte die Schuhe. »Da, Vogel«, sagte der Mann, »nun sing mir das Lied noch einmal!« Da kam der Vogel und nahm die Schuhe in die linke Kralle und flog wieder auf das Dach und sang:

»Meine Mutter hat mich geschlachtet,
mein Vater aß mich,
mein Schwester Mariannchen,
suchte alle meine Beinchen,
band sie in ein seidenes Tuch,
legte es unter den Wacholder.
Kiwitt, kiwitt, wat vör'n schöön Vagel bün ik!«

Und als er ausgesungen hatte, da flog er weg; die Kette in der rechten und die Schuhe in der linken Kralle. Er flog weit weg, bis zu einer Mühle, und die Mühle ging: Klippe klappe, klippe klappe, klippe klappe. Und in der Mühle saßen zwanzig Mühlknappen[3], die klopften einen Stein und hackten: Hick hack, hick hack, hick hack; und die Mühle ging klippe klappe, klippe klappe, klippe klappe. Da setzte sich der Vogel auf einen Lindenbaum, der vor der Mühle stand und sang: »Mein Mutter hat mich geschlachtet«, da hörte einer auf; »mein Vater aß mich«, da hörten noch zwei auf und hörten zu; »mein Schwester Mariannchen« da hörten wieder vier auf; »suchte alle meine Beinchen, band sie in ein seidenes Tuch«, nun hackten nur acht; »legte es unter«, nun nur noch fünf; »den Wacholder« – nun nur noch einer; »Kiwitt, kiwitt, wat vör'n schöön Vagel bün ik!« Da hörte der letzte auch auf, und er hatte gerade noch den Schluss gehört. »Vogel«, sagte er, »was singst du schön!« Lass mich das auch hören, sing mir das noch einmal!« »Nein«, sagte der Vogel, »zweimal sing ich nicht umsonst; gib mir den Mühlenstein, so will ich das noch einmal singen.« »Ja«, sagte er, »wenn er mir allein gehörte, so solltest du ihn haben.« »Ja«, sagten die anderen, »wenn er noch einmal singt, so soll er ihn haben.« Da kam der Vogel heran und die Müller fassten alle zwanzig mit Bäumen an und hoben den Stein auf, »hu uh uhp, hu uh uhp, hu uh uhp!« Da steckte der Vogel den Hals durch das Loch und nahm ihn um wie einen Kragen und flog wieder auf den Baum und sang:

»Meine Mutter hat mich geschlachtet,
mein Vater aß mich,
mein Schwester Mariannchen,
suchte alle meine Beinchen,
band sie in ein seidenes Tuch,
legte es unter den Wacholder.
Kiwitt, kiwitt, wat vör'n schöön Vagel bün ik!«

Und als er das ausgesungen hatte, da tat er die Flügel auseinander und hatte in der rechten Kralle die Kette und in der linken die Schuhe und um den Hals den Mühlenstein, und flog weit weg zu seines Vaters Haus.

In der Stube saßen der Vater, die Mutter und Mariannchen bei Tisch, und der Vater sagte: »Ach, was wird mir so leicht, mir ist so recht gut zumute.« »Nein«, sagte die Mutter, »ich habe Angst, so recht, als wenn ein schweres Gewitter käme.« Mariannchen aber saß und weinte und weinte. Da kam der Vogel angeflogen, und als er sich auf das Dach setzte, da sagte der Vater: »Ach, mir ist so recht freudig, und die Sonne scheint so schön, mir ist ganz, als sollte ich einen alten Bekannten wiedersehen!« »Nein«, sagte die Frau, »ich habe Angst, die Zähne klappern mir und mir ist, als hätte ich Feuer in den Adern.« Und sie riss sich ihr Kleid auf, um Luft zu kriegen. Aber Mariannchen saß in der Ecke und weinte, und hatte ihre Schürze vor den Augen und weinte die Schürze ganz und gar nass.

Da setzte sich der Vogel auf den Wacholderbaum und sang: »Meine Mutter hat mich geschlachtet.« – Da hielt sich die Mutter die Ohren zu und kniff die Augen zu und wollte nicht sehen und hören, aber es brauste ihr in den Ohren wie der allerstärkste Sturm und die Augen brannten und zuckten ihr wie Blitze. »Mein Vater aß mich.« – »Ach Mutter«, sagte der Mann, »da ist ein schöner Vogel, der singt so herrlich und die Sonne scheint so warm, und das riecht nach Zimt.« »Mein Schwester Mariannchen« – da legte Mariannchen den Kopf auf die Knie und weinte in einem fort. Der Mann aber sagte: »Ich gehe hinaus; ich muss den Vogel in der Nähe sehen.« »Ach, geh nicht«, sagte die Frau, »mir ist, als bebte das ganze Haus und stünde in Flammen.« Aber der Mann ging hinaus und sah sich den Vogel an – »suchte alle meine Beinchen, band sie in ein seidenes Tuch, legte es unter den Wacholder. Kiwitt, kiwitt, wat vör'n schöön Vagel bün ik!«

Damit ließ der Vogel die goldene Kette fallen, und sie fiel dem Mann gerade um den Hals, sogar richtig herum und sie passte. Da ging er herein und sagte: »Sieh, was ist das für ein schöner Vogel, hat mir eine so schöne goldene

Kette geschenkt und sieht so schön aus.« Die Frau aber hatte Angst, dass sie lang in die Stube hinfiel und ihr die Mütze vom Kopf fiel. Da sang der Vogel wieder: »Mein Mutter hat mich geschlachtet« – »Ach, dass ich tausend Klafter[4] unter der Erde wäre, dass ich das nicht zu hören brauchte!« »Mein Vater aß mich« – Da fiel die Frau wie tot nieder. »Mein Schwester Mariannchen« – »Ach«, sagte Mariannchen, »ich will doch auch hinausgehen und sehn, ob mir der Vogel etwas schenkt?« Da ging sie hinaus. »Sucht alle meine Beinchen, band sie in ein seidenes Tuch« – Da warf er ihr die Schuhe herunter. »Legte es unter den Wacholder. Kiwitt, kiwitt, wat vör'n schöön Vagel bün ik!«

Da war ihr so leicht und fröhlich. Sie zog sich die neuen roten Schuhe an und tanzte und sprang herein. »Ach«, sagte sie, »mir war so traurig, als ich hinausging, und nun ist mir so leicht. Das ist mal ein herrlicher Vogel, hat mir ein Paar rote Schuhe geschenkt!« »Nein«, sagte die Frau und sprang auf, und die Haare standen ihr zu Berg wie Feuerflammen, »mir ist, als sollte die Welt untergehen; ich will auch hinaus, damit mir leichter wird.« Und als sie aus der Tür kam, Klatsch! Warf ihr der Vogel den Mühlstein auf den Kopf, dass sie ganz zerquetscht wurde. Der Vater und Mariannchen hörten das und gingen hinaus. Da ging ein Dampf und Flammen und Feuer aus von der Stätte, und als das vorbei war, da stand der kleine Bruder da, und er nahm seinen Vater und Mariannchen bei der Hand und waren alle drei so recht vergnügt und gingen ins Haus, setzten sich an den Tisch und aßen.

Häsichen-Braut.

1819 – niederdeutsches Original

Et was ein Frou mit ener Toachter in änen schöhnen Goarten mit Koal; dahin kam än Häsichen und froaß zo Wenterszit allen Koal. Do seit de Frou zur Toachter: »gäh in den Goarten und jag's Häsichen.« Seits Mäken zum Häsichen: »schu! schu! du Häsichen, frißt noch allen Koal!« Seits Häsichen: »kumm, Mäken, und sett dich uf min Haosenschwänzeken und kumm mit in min Haosenhüttchen.« Mäken well nech. Am annern Tog kummts Häsichen weder und frißt den Koal, do seit de Frou zur Toachter: »gäh in den Goarten und jags Häsichen.« Seits Mäken zum Häsichen:»schu! schu! du Häsichen, frißt noch allen Koal!« Seits Häsichen: »kumm, Mäken, sett dich uf min Haosenschwänzeken und kumm mit mer in min Haosenhüttchen.« Mäken well nech Am dretten Tog kummts Häsichen weder und frißt den Koal. Do seit de Frou zur Toachter: »gäh in den Goarten und jags Häsichen.« Seits Mäken: »schu! schu! du Häsichen, frißt noch allen Koal! »Seits Häsichen: kumm, Mäken, sett dich uf min Haosenschwänzeken und kumm mit mer in min Hoasenhüttchen.« Mäken sätzt sich uf den Haosenschwänzeken, do brachts Häsichen weit raus in sin Hüttchen und seit: »nu koach Grinkoal und Hersche (Hirse), ick well de Hochtidlüt beten.« Do kamen alle Hochtidlüt zosam'm. (Wer waren dann die Hochzeitsleute? das kann ich dir sagen, wie mirs ein anderer erzählt hat: das waren alle Hasen und die Krähe war als Pfarrer dabei die Brautleute zu trauen und der Fuchs als Küster und der Altar war unterm Regenbogen)

Mäken aober was trurig, do se so alleene was; kummts Häsichen und seit: »thu uf! thu uf! de Hochtidlüt senn fresch (frisch, lustig)!« de Braut seit nischt und wint. Häsichen gäht fort, Häsichen kummt weder und seit: »thu uf! thu uf! de Hochtidlüt senn hongrig!« de Braut seit weder nischt und wint.« Häsichen gäht fort, Häsichen kummt und seit: »thu uf! thu uf! de Hochtidlüt waorten.« Do seit de Braut nischt, und Häsichen gäht fort, aober se macht ene Puppen von Stroah met eren Kleedern und gibt er eenen Röhrleppel und set se an den Kessel med Hersche und gäht zor Motter. Häsichen kummt noch ämahl und seit: »thu uf! »thu uf!« und macht uf und smet die Puppe an Kopp, daß er de Hube abfällt.

Do set Häsichen, daß sine Braut nech es und gäht fort und es trurig.[1]

Häsichenbraut

hochdeutsche Version

Es war einmal eine Frau mit ihrer Tochter; die lebten in einem schönen Garten mit Kohl; dahin kam ein Häschen und fraß zur Winterzeit allen Kohl. Da sagte die Frau zur Tochter: »Geh in den Garten und jag' das Häschen!« Sagt das Mädchen zum Häschen: »Schu! schu! Du Häschen, friss nicht allen Kohl!« Sagt das Häschen: »Komm, Mädchen, und setz dich auf mein Hasenschwänzchen und komm mit in mein Hasenhüttchen!« Mädchen will nicht. Am andern Tag kommt's Häschen wieder und frisst den Kohl; da sagt die Frau zur Tochter: »Geh in den Garten und jag das Häschen!« Sagt das Mädchen zum Häschen: »Schu! Schu! Du Häschen, friss nicht allen Kohl!« Sagt das Häschen: »Komm, Mädchen, setz dich auf mein Hasenschwänzchen und komm mit mir in mein Hasenhüttchen.« Mädchen will nicht. Am dritten Tag kommt's Häschen wieder und frisst den Kohl. Da sagt die Frau zur Tochter: »Geh in den Garten und jag das Häschen!« Sagt das Mädchen: »Schu! schu! Du Häschen, friss nicht allen Kohl!« Sagt das Häschen: »Komm, Mädchen, setz dich auf mein Hasenschwänzchen und komm mit mir in mein Hasenhüttchen!« Mädchen setzt sich auf das Hasenschwänzchen; da bracht's das Häschen weit hinaus in sein Hüttchen und sagt: »Nun koch' Grünkohl und Hirse, ich will die Hochzeitsleute bitten.« Da kamen alle Hochzeitsleute zusammen. Wer waren denn die Hochzeitsleute? Das kann ich dir sagen, wie es mir ein anderer erzählt hat: das waren alles Hasen, und die Krähe war als Pfarrer dabei, die Brautleute zu trauen, und der Fuchs als Küster, und der Altar war unterm Regenbogen.

Mädchen aber war traurig, da sie so alleine war. Kommt's Häschen und sagt: »Mach auf, mach auf, die Hochzeitsleute sind lustig!« Die Braut sagt nichts und weint. Häschen geht fort, Häschen kommt wieder und sagt: »Mach auf, mach auf, die Hochzeitsleute sind hungrig.« Die Braut sagt wieder nichts und weint. Häschen geht fort; Häschen kommt wieder und sagt: »Mach auf, mach auf, die Hochzeitsleute warten.« Da sagt die Braut nichts und Häschen geht fort; aber sie macht eine Puppe aus Stroh mit ihren Kleidern, und gibt ihr einen Rührlöffel, und setzt sie an den Kessel mit Hirse, und geht zur Mutter. Häschen kommt noch einmal und sagt: »Mach auf, mach auf«, und macht auf und wirft der Puppe was an den Kopf, dass ihr die Haube abfällt.

Da sieht Häschen, dass es seine Braut nicht ist, und geht fort und ist traurig.

Die Krähen.

1815

Es hatte ein rechtschaffener Soldat etwas Geld verdient und zusammen gespart, weil er fleißig war und es nicht, wie die andern, in den Wirthshäusern durchbrachte. Nun waren zwei von seinen Kammeraden, die hatten eigentlich ein falsches Herz und wollten ihn um sein Geld bringen; sie stellten sich aber äußerlich ganz freundschaftlich an. Auf eine Zeit sprachen sie zu ihm: »hör', was sollen wir hier in der Stadt liegen, wir sind ja eingeschlossen darin, als wären wir Gefangene, und gar einer wie du, der könnt' sich daheim was ordentliches verdienen und vergnügt leben.« Mit solchen Reden setzten sie ihm auch so lange zu, bis er endlich einwilligte und mit ihnen ausreißen wollte; die zwei andern hatten aber nichts anders im Sinn, als ihm draußen sein Geld abzunehmen. Wie sie nun ein Stück Wegs fortgegangen waren, sagten die zwei: »wir müssen uns da rechts einschlagen, wenn wir an die Gränze kommen wollen.« – »Ei! Gott bewahre, da gehts ja gerade wieder in die Stadt zurück, links müssen wir weiter.« – »Was willst du dich mausig machen,« riefen die zwei, drangen auf ihn ein, schlugen ihn, bis er niederfiel, und nahmen ihm sein Geld aus den Taschen; das war aber noch nicht genug, sie stachen ihm auch die Augen aus, schleppten ihn zum Galgen und banden ihn daran fest. Da ließen sie ihn, und gingen mit dem gestohlenen Geld in die Stadt zurück.

Der arme Blinde wußte aber nicht, an welchem schlechten Ort er war, fühlte um sich und merkte, daß er unter einem Balken Holz saß. Da meinte er, es wäre ein Kreutz, sprach: »es ist doch gut von ihnen, daß sie mich wenigstens unter ein Kreutz gebunden haben, Gott ist bei mir,« und fing an recht zu Gott zu beten. Wie es ungefähr Nacht werden mochte, hörte er etwas flattern; das waren aber drei Krähen, die ließen sich auf dem Balken nieder. Darnach hörte er, wie eine sprach: »Schwester, was bringt ihr Gutes? ja, wenn die Menschen wüßten, was wir wissen! die Königstochter ist krank und der alte König hat sie demjenigen versprochen, der sie heilt, das kann aber keiner, denn sie wird nur gesund, wenn die Kröte in dem Teich dort zu Asche verbrannt wird und sie die Asche trinkt.« Da sprach die zweite: »ja, wenn die Menschen wüßten, was wir wissen! heute Nacht fällt ein Thau vom Himmel, so wunderbar und heilsam, wer blind ist und bestreicht seine Augen damit, der erhält sein Gesicht wieder.« Da sprach auch die dritte: »ja, wenn die Menschen wüßten, was wir wissen! Die Kröte hilft nur einem und der Thau hilft nur wenigen, aber in der Stadt ist große Noth, da sind alle Brunnen vertrocknet und niemand weiß, daß der große viereckige Stein auf dem Markt muß weggenommen und darunter gegraben werden, dort quillt das schönste Wasser.« Wie die drei Krähen das gesagt hatten, hörte er es wieder flattern und sie flogen da fort; er aber machte sich allmälig von seinen Banden los, und dann bückte er sich und brach ein paar Gräserchen ab und bestrich seine Augen mit dem Thau, der darauf gefallen war. Alsbald ward er wieder sehend und war Mond und Sterne am Himmel und sah er, daß er neben dem Galgen stand. Darnach suchte er Scherben, und sammelte von dem köstlichen Thau, so viel er zusammenbringen konnte und wie das geschehen war, ging er zum Teich, grub das Wasser davon ab und holte die Kröte heraus; und dann verbrannte er sie zu Asche und ging damit an des Königs Hof. Da ließ er nun die Königstochter von der Asche einnehmen und als sie gesund war, verlangte er sie, wie es versprochen war, zur Gemahlin. Dem König aber gefiel er nicht, weil er so schlechte Kleider an hatte, und er sprach daher, wer seine Tochter haben wollte, der müßte der Stadt erst Wasser verschaffen und damit hoffte er ihn los zu werden. Er aber ging hin, hieß die Leute den viereckigen Stein auf dem Markt wegheben und darunter nach Wasser graben. Das thaten sie auch und kamen bald zu einer schönen Quelle, da war Wasser zum Ueberfluß; der König aber konnte ihm nun die Prinzessin nicht länger abschlagen und er wurde mit ihr vermählt und lebten sie in einer vergnügten Ehe.

Auf eine Zeit, als er durch's Feld spatziren ging, begegneten ihm seine beiden ehemaligen Kameraden, die so treulos an ihm gehandelt hatten. Sie kannten ihn nicht, er aber erkannte sie gleich, ging auf sie zu und sprach: »seht, das ist euer ehemaliger Kammerad, dem ihr so schändlich die Augen ausgestochen habt, aber der liebe Gott hat mir's zum Glück gedeihen lassen.« Da fielen sie ihm zu Füßen und baten um Gnade, und weil er ein gutes Herz hatte, erbarmte er sich ihrer und nahm sie mit sich, gab ihnen auch Nahrung und Kleider. Er erzählte ihnen darnach, wie es ihm ergangen und wie er zu diesen Ehren gekommen wäre; als die zwei das vernahmen, hatten sie keine Ruhe und wollten auch eine Nacht sich unter den Galgen setzen, ob sie vielleicht auch etwas Gutes hörten. Wie sie nun unter dem Galgen saßen, flatterte auch bald etwas über ihren Häuptern und kamen die drei Krähen. Die eine sprach zur andern: »hört Schwestern, es muß uns jemand behorcht haben, denn die Prinzessin ist gesund, die Kröte ist fort aus dem Teich, ein Blinder ist sehend geworden und in der Stadt haben sie einen frischen Brunnen gegraben, kommt, laßt uns suchen, vielleicht finden wir ihn.« Da flatterten sie herab und fanden die beiden und eh' sie sich helfen konnten, saßen sie ihnen auf dem Kopf und hackten ihnen die Augen aus und hackten weiter so lange in's Gesicht, bis sie ganz todt waren. Da blieben sie liegen unter dem Galgen. Als sie nun in ein paar Tagen nicht wieder kamen, dachte ihr ehemaliger Kammerad, wo mögen die zwei herumirren und ging hinaus, sie zu suchen. Da fand er aber nichts mehr, als ihre Gebeine, die trug er vom Galgen weg und legte sie in ein Grab.[1]

Das blaue Licht.

1815

Es war einmal ein König, der hatte einen Soldaten zum Diener, wie der ganz alt wurde und unbrauchbar, schickte er ihn fort und gab ihm nichts. Da wußte er nicht, womit er sein Leben fristen sollte, ging traurig fort den langen Tag und kam Abends in einen Wald. Wie er ein Weilchen gegangen war, sah er ein Licht, dem näherte er sich und kam zu einem kleinen Haus, darin wohnte eine alte Hexe. Er bat um ein Nachtlager und ein wenig Essen und Trinken, sie schlug's ihm aber ab, endlich sagte sie: »ich will dich doch aus Barmherzigkeit aufnehmen, du mußt mir aber morgen meinen ganzen Garten umgraben.« Der Soldat versprach's und ward also beherbergt. Am andern Tag hackte er der Hexe den Garten um und hatte damit Arbeit bis zum Abend, nun wollte sie ihn wegschicken, er sprach aber: »ich bin so müd', laß mich noch die Nacht hier bleiben.« Sie wollte nicht, endlich gab sie's zu, doch sollt' er ihr andern Tags ein Fuder[1] Holz klein spalten. Der Soldat hackte den zweiten Tag das Holz und hatte sich Abends so abgearbeitet, daß er wieder nicht fort konnte, also bat er um die dritte Nacht; dafür sollte er aber den folgenden Tag das blaue Licht aus dem Brunnen holen. Da führte ihn die Hexe an einen Brunnen und band ihn an ein lang Seil, daran ließ sie ihn hinab; und als er unten war, fand er das blaue Licht und machte das Zeichen, daß sie ihn wieder hinaufziehen sollte. Sie zog ihn auch in die

Höhe, wie er aber am Rand war, so nah, daß man sich die Hände reichen konnte, wollte sie das Licht haben, um ihn dann wieder hinunter fallen zu lassen. Aber er merkte ihre bösen Gedanken und sagte: »nein, ehe geb ich das blaue Licht nicht, als bis ich mit meinen Füßen auf dem Erdboden stehe.« Da erboßte die Hexe und stieß ihn mit sammt dem Licht hinunter in den Brunnen und ging fort. Der Soldat unten in dem dunkeln, feuchten Morast war traurig, denn ihm stand sein Ende bevor, da fiel ihm seine Pfeife in die Hand, die war noch halb voll, und er dachte: die willst du zum letzten Vergnügen doch noch ausrauchen. Also steckte er sie an dem blauen Licht an und fing an zu rauchen; als der Dampf ein wenig herumzog, so kam ein klein schwarz Männlein daher und fragte: »Herr, was befiehlst du mir? ich muß dir in allem dienen.« – »Hilf mir vor allen Dingen aus dem Brunnen.« Da faßte ihn das schwarze Männchen bei der Hand und führte ihn herauf und das blaue Licht nahmen sie mit. Als sie oben waren, sagte der Soldat: »nun schlag mir die alte Hexe todt.« Als das Männchen das gethan, offenbarte es ihm die Schätze und das Gold der Hexe, das lud der Soldat auf und nahm es mit sich. Dann sprach das Männchen: »wenn du mich brauchst, so zünde nur deine Pfeife an dem blauen Licht an.« Darauf ging der Soldat in die Stadt und in den besten Gasthof, da ließ er sich schöne Kleider machen und ein Zimmer prächtig einrichten. Wie das fertig war, rief er sein Männchen und sprach: »der König hat mich fortgeschickt und mich hungern lassen, weil ich seine Dienste nicht mehr thun konnte, nun bring' mir die Königstochter heut Abend hierher, die soll mir aufwarten und thun, was ich ihr heiße.« Das Männchen sprach: »das ist ein gefährlich Ding.« Doch ging es hin und holte die Königstochter schlafend aus ihrem Bett und brachte sie dem Soldaten, dem mußte sie nun gehorchen und thun, was er wollte; am Morgen vor Hahnenschrei trug sie das schwarze Männchen wieder zurück. Als sie aufgestanden war, erzählte sie ihrem Vater: »ich habe diese Nacht einen wunderlichen Traum gehabt, als wär' ich weggeholt worden und die Magd von einem Soldaten und mußte ihm aufwarten.« Da sprach der König: »steck dir die Tasche voll Erbsen und mach ein Loch hinein, der Traum könnte war seyn, dann fallen sie heraus und lassen die Spur auf der Straße.« Also that sie auch, aber das Männchen hatte gehört, was der König ihr angerathen; wie nun der Abend kam und der Soldat sagte, er sollte ihm wieder die Königstochter holen, da streute er die ganze Stadt vorher voll Erbsen und konnten die wenigen, die aus ihrer Tasche fielen, keine Spur machen und am andern Morgen hatten die Leute den ganzen Tag Erbsen zu lesen. Die Königstochter erzählte ihrem Vater wieder, was ihr begegnet war, da sprach er: »behalt einen Schuh an, und verstecke ihn heimlich, wo du bist.« Das schwarze Männchen hörte das mit an, und wie der Soldat wiederum die Königstochter wollte hergebracht haben, sagte es zu ihm: »jetzt kann ich dir nicht mehr helfen, du wirst unglücklich, wenn's heraus kommt.« Der Soldat aber bestand auf seinem Willen; »so mach dich nur gleich frühmorgens aus dem Thor hinaus, sagte das Männchen, wenn ich sie fort getragen habe.«

Die Königstochter behielt nun einen Schuh an und versteckte ihn bei dem Soldaten ins Bett; am andern Morgen, wie sie wieder bei ihrem Vater war, ließ der überall in der Stadt darnach suchen und da ward er dann bei dem Soldaten gefunden. Er hatte sich zwar aus dem Staube gemacht, wurde aber bald eingeholt und in ein festes Gefängniß geworfen. Da saß er nun in Ketten und Banden und über der eiligen Flucht war sein Bestes stehn geblieben, das blaue Licht und das Gold und ihm nichts übrig als ein Dukaten. Wie er nun so traurig an dem Fenster seines Gefängnisses stand, sah er einen Cammeraden vorbeigehen, den rief er an und sprach: »wenn du mir das kleine Bündelchen holst, das ich im Gasthause habe liegen lassen, geb' ich dir einen Dukaten[2];« da ging der hin und brachte ihm für den Dukaten das blaue Licht und das Gold. Der Gefangene steckte alsbald seine Pfeife an und ließ das schwarze Männchen kommen, das sprach zu ihm: »sey ohne Furcht, geh' getrost zum Gericht und laß alles geschehen, nur nimm das blaue Licht mit.« Darauf ward er verhört und ihm das Urtheil gesprochen, daß er sollte an den Galgen gehängt werden. Wie er hinaus geführt wurde bat er den König um eine Gnade. »Was für eine?« sprach der. »Daß ich noch eine Pfeife auf dem Weg rauchen darf.« »Du kannst drei rauchen, wenn du willst,« sagte der König. Da zog er seine Pfeife heraus und zündete sie an dem blauen Flämmchen an, alsbald trat das schwarze Männchen vor ihn; »schlag mir da alles todt, sprach der Soldat, und den König in drei Stücke.« Also fing das Männchen an und schlug die Leute rings herum todt, da legte sich der König auf Gnadebitten und um nur sein Leben zu erhalten, gab er dem Soldaten das Reich und seine Tochter zur Frau.[3]

Die weiße und schwarze Braut.

1815

Eine Frau ging mit ihrer Tochter und Stieftochter über Feld, Futter zu schneiden. Da kam der liebe Gott als ein armer Mann zu ihnen gegangen und fragte: »wo führt der Weg ins Dorf?« »Ei, sprach die Mutter, sucht ihn selber,« und die Tochter setzte noch hinzu: »habt ihr Sorge, daß ihr ihn nicht findet, so bringt euch einen Wegweiser mit.« Die Stieftochter aber sprach: »armer Mann, ich will dich führen, komm mit mir.« Da erzürnte der liebe Gott über die Mutter und Tochter, wendete ihnen den Rücken zu, und verwünschte sie, daß sie sollten schwarz werden wie die Nacht, und häßlich wie die Sünde. Der armen Stieftochter aber ward Gott gnädig und ging mit ihr, und als sie nah am Dorf waren, sprach er einen Segen über sie und sagte: »wähl dir drei Sachen aus, die will ich dir gewähren.« Da sprach das Mädchen: »ich mögte gern schön werden, wie die Sonne,« alsbald wurde sie weiß und schön, wie der Tag. »Dann mögte ich einen Geldbeutel haben, der nie leer würde:« den gab ihr der liebe Gott auch, sprach aber: »vergiß das Beste nicht, meine Tochter!« Sagte sie: »ich wünsche mir zum dritten das ewige Himmelreich nach meinem Tode.« Das wurde ihr auch zugesagt, und also schied der liebe Gott von ihr.

Wie nun die Stiefmutter mit ihrer Tochter nach Hause kam und sah, daß sie beide kohlschwarz und häßlich waren, die Stieftochter aber weiß und schön, ward sie ihr im Herzen noch böser und hatte nur im Sinn, wie sie ihr ein Leid anthun könnte. Die Stieftochter aber hatte einen Bruder, Namens Reginer, den liebte sie sehr und erzählte ihm alles, was geschehen war. Der Bruder mahlte sich nun seine Schwester ab und hing das Bild in seiner Stube auf, in des Königs Schloß, bei dem er Kutscher war, und alle Tage ging er davor stehen und dankte Gott für das Glück seiner lieben Schwester. Nun war aber gerade dem König, bei dem er diente, seine Gemahlin verstorben, welche so schön gewesen war, daß man keine finden konnte, die ihr gliche, und der König war darüber in tiefer Trauer. Die Hofdiener sahen es indessen dem Kutscher ab, wie er täglich vor dem schönen Bilde stand, misgönntens ihm und meldeten es dem König. Da ließ dieser das Bild vor sich bringen, und sah, daß es in allem seiner verstorbenen Frau glich, nur noch schöner war, so daß er sich sterblich hinein verliebte, und den Kutscher fragte, wen das Bild vorstellte? Als der Kutscher gesagt hatte, daß es seine Schwester wäre, entschloß sich der König, keine andere, als diese, zur Gemahlin zu nehmen, gab ihm Wagen und Pferde und prächtige Goldkleider, und schickte ihn fort, seine erwählte Braut abzuholen. Wie der Kutscher mit der Botschaft ankam, freute sich seine Schwester, allein die schwarze ärgerte sich über alle Maßen vor großer Eifersucht, und sprach zu ihrer Mutter: »was helfen nun all' eure Künste, da ihr mir kein solches Glück verschaffen könnt.« Da sagte die Alte: »sey still, ich will dirs schon zuwenden,« und durch ihre Hexenkünste trübte sie dem Kutscher die Augen, daß er halb blind war, und der weißen verstopfte sie die Ohren, daß sie schwer hörte. Darauf stiegen sie in den Wagen, erst die Braut in den herrlichen königlichen Kleidern, dann die Stiefmutter mit ihrer Tochter, und der Kutscher saß auf dem Bock, um zu fahren. Wie sie eine Weile gereist waren unterwegs rief der Kutscher:

»Deck dich zu, mein Schwesterlein,
daß Regen dich nicht näßt,
daß Wind dich nicht bestäubt,
daß du fein schön zum König kommst!«

Die Braut fragte: »was sagt mein lieber Bruder?« »Ach, sprach die Alte, er hat gesagt, du solltest dein gülden[1] Kleid ausziehen und es deiner Schwester geben.« Da zog sie's aus und that's der Schwarzen an, die gab ihr dafür einen schlechten grauen Kittel. So fuhren sie weiter, über ein Weilchen rief der Bruder wieder:

»Deck dich zu, mein Schwesterlein,
daß Regen dich nicht näßt,
daß Wind dich nicht bestäubt
und du fein schön zum König kommst!«

Die Braut fragte: »was sagt mein lieber Bruder?« »Ach, sprach die Alte, er hat gesagt, du solltest deine güldne Haube abthun und deiner Schwester geben.« Da that sie die Haube ab und der Schwarzen auf, und saß im bloßen Haar. So fuhren sie weiter; wiederum über ein Weilchen rief der Bruder:

»Deck dich zu, mein Schwesterlein,
daß Regen dich nicht näßt,
daß Wind dich nicht bestäubt
und du fein schön zum König kommst!«

Die Braut fragte: »was sagt mein lieber Bruder?« »Ach, sprach die Alte, er hat gesagt, du mögtest einmal aus dem Wagen sehen.« Sie fuhren aber gerade über ein tiefes Wasser, wie nun die Braut aufstand und aus dem Fenster sah, da stießen sie die beiden andern hinaus, daß sie gerad' ins Wasser fiel, sie versank auch, aber in demselben Augenblick stieg eine schneeweiße Ente hervor und schwamm den Fluß hinab. Der Bruder hatte gar nichts davon gemerkt und fuhr den Wagen weiter, bis sie an den Hof kamen, da brachte er dem König die Schwarze als seine Schwester, und meinte auch, sie wär's, weil es ihm trüb vor den Augen war und er doch die Goldkleider schimmern sah. Der König, wie er die grundlose Häßlichkeit an seiner vermeinten Braut erblickte, ward sehr bös und befahl den Kutscher in eine Grube zu werfen, die voll Ottern und Schlangen-Gezücht war. Die alte Hexe aber wußte den König doch so zu bestricken und ihm die Augen zu verblenden, daß er sie und ihre Tochter behielt und zu sich nahm, bis daß sie ihm ganz leidlich vorkam und er sich wirklich mit ihr verheirathete.

Einmal Abends saß die schwarze Braut dem König auf dem Schoos, da kam eine weiße Ente zum Gossenstein[2] in die Küche geschwommen und sagte zum Küchenjungen:

»Jüngelchen mach Feuer an,
Daß ich meine Federn wärmen kann!«

Das that der Küchenjunge und machte ihr ein Feuer auf dem Heerd, da kam die Ente, schüttelte sich und setzte sich daneben und strich sich die Federn mit dem Schnabel zurecht. Während sie so saß und sich wohlthat, fragte sie:

»Was macht mein Bruder Reginer?«

Der Küchenjunge antwortete:

»Liegt tief bei Ottern und Schlangen.«

Fragte sie:

»Was macht die schwarze Hex im Haus?«

Der Küchenjunge antwortete:

»Die sitzt warm ins Königs Arm.«

Sagte die Ente:

»Daß Gott erbarm!«

und schwamm den Gossenstein hinaus.

Den folgenden Abend kam sie wieder und that dieselben Fragen und den dritten Abend noch einmal. Da konnte es der Küchenjunge nicht länger übers Herz bringen und sagte dem König alles. Der König aber ging den andern Abend hin und wie die Ente den Kopf durch den Gossenstein herein streckte, nahm er sein Schwert und hieb ihr den Hals durch, da wurde sie auf einmal zum schönsten Mädchen, und glich genau dem Bild, das der Bruder von ihr gemacht hatte. Der König aber war voll Freuden und weil sie ganz naß dastand, ließ er ihr köstliche Kleider bringen, als sie die angethan hatte, erzählte sie ihm, wie sie in den Fluß war hinab geworfen worden, und die erste Bitte, die sie that, war, daß ihr Bruder aus der Schlangenhöhle herausgeholt würde, welches auch gleich geschah. Aber der König ging in die Kammer, wo die alte Hexe saß, und fragte: »was verdient die, welche das und das thut?« indem er den ganzen Hergang erzählte. Da war sie verblendet, merkte nichts und sprach: »die verdient, daß man sie nackt auszieht und in ein Faß mit Nägeln legt und vor das Faß ein Pferd spannt und das Pferd in alle Welt schickt.« Alles das geschah nun an ihr und ihrer schwarzen Tochter, der König heirathete die schöne Braut und belohnte den treuen Bruder, indem er ihn zu einem reichen und angesehenen Mann machte.[3]

Die Schlickerlinge.

1819

Es war einmal ein Mädchen, das war schön, aber faul und nachlässig. Wenn es spinnen sollte, so war es so verdrießlich, daß wenn ein kleiner Knoten im Flachs war, es gleich einen ganzen Haufen mit herausriß und neben sich zur Erde schlickerte. Nun hatte es ein Dienstmädchen, das war arbeitsam, suchte den weggeworfenen Flachs zusammen, reinigte ihn, spann ihn fein und ließ sich ein hübsches Kleid daraus weben. Als nun das faule Mädchen eine Braut war und die Hochzeit sollte gehalten werden, tanzte das fleißige in seinem schönen Kleide lustig herum, da sprach die Braut:

»ach wat kann dat Mäken springen
in minen Slickerlingen[1]!«

Das hörte der Bräutigam und fragte die Braut, was sie damit sagen wolle. Da erzählte sie ihm, daß das Mädchen ein Kleid von dem Flachs trüge, den sie weggeworfen habe. Wie der Bräutigam das hörte, und ihre Faulheit und den Fleiß des armen Mädchens sah, ließ er sie stehen, ging zu jener und nahm sie zur Frau.[2]

Der Zaunkönig.

1840

In den alten Zeiten da hatte jeder Klang noch Sinn und Bedeutung. Wenn der Hammer des Schmieds ertönte, so rief er »smiet mi to! smiet mit to!« Wenn der Hobel des Tischlers schnarrte, so sprach er »dor häst! dor, dor häst!« Fieng das Räderwerk der Mühle an zu klappern, so sprach es »help, Herr Gott! help, Herr Gott!« und war der Müller ein Betrüger, und ließ die Mühle an, so sprach sie hochdeutsch, und fragte erst langsam »wer ist da? wer ist da,« dann antwortete sie schnell »der Müller! der Müller!« und endlich ganz geschwind »stiehlt tapfer, stiehlt tapfer, vom Achtel drei Sechter.«

Zu dieser Zeit hatten auch die Vögel ihre eigene Sprache, die jedermann verstand, jetzt lautet es nur wie ein Zwitschern, Kreischen und Pfeifen und bei einigen wie Musik ohne Worte. Es kam aber den Vögeln in den Sinn, sie wollten nicht länger ohne Herrn sein, und einen unter sich zu ihrem König wählen. Nur einer von ihnen, der Kibitz, war dagegen: frei hatte er gelebt und frei wollte er sterben, und angstvoll hin und her fliegend rief er »wo bliew ick? wo bliew ick?« Er zog sich zurück in einsame und unbesuchte Sümpfe, und zeigte sich nicht wieder unter Seinesgleichen.

Die Vögel wollten sich nun über die Sache besprechen, und an einem schönen Maimorgen kamen sie alle aus

Wäldern und Feldern zusammen, Adler und Buchfinke, Eule und Krähe, Lerche und Sperling, was soll ich sie alle nennen? selbst der Kukuk kam und der Wiedehopf, sein Küster, der so heißt, weil er sich immer ein paar Tage früher hören läßt; auch ein ganz kleiner Vogel, der noch keinen Namen hatte, mischte sich unter die Schaar. Das Huhn, das zufällig von der ganzen Sache nichts gehört hatte, verwunderte sich über die große Versammlung. »Wat, wat, wat is den dar to don?« gackerte es, aber der Hahn beruhigte seine liebe Henne, und sagte »luter riek Lüd,« und erzählte ihm was sie vor hätten. Es ward aber beschlossen daß der König sein sollte, der am höchsten fliegen könnte. Ein Laubfrosch, der im Gebüsche saß, rief, als er das hörte, warnend »natt, natt, natt! natt, natt, natt!« weil er meinte es würden deshalb viel Thränen vergossen werden. Die Krähe aber sagte »Quark ok!«, es sollte alles friedlich abgehen.

Es ward nun beschlossen, sie wollten gleich an diesem schönen Morgen aufsteigen, damit niemand hinterher sagen könnte »ich wäre wohl noch höher geflogen, aber der Abend kam, da konnte ich nicht mehr.« Auf ein gegebenes Zeichen erhob sich also die ganze Schaar in die Lüfte. Der Staub stieg da von dem Felde auf, es war ein gewaltiges Sausen und Brausen und Fittichschlagen[1], und es sah aus als wenn eine schwarze Wolke dahin zöge. Die kleinern Vögel aber blieben bald zurück, konnten nicht weiter, und fielen wieder auf die Erde. Die größern hieltens länger aus, aber keiner konnte es dem Adler gleich thun, der stieg so hoch daß er der Sonne hätte die Augen aushacken können. Und als er sah daß die andern nicht zu ihm herauf konnten, so dachte er »was willst du noch höher fliegen, du bist doch der König,« und fieng an sich wieder herab zu lassen. Die Vögel unter ihm riefen ihm alle gleich zu »du mußt unser König sein, keiner ist höher geflogen als du.« »Ausgenommen ich« schrie der kleine Kerl ohne Namen, der sich in die Brustfedern des Adlers verkrochen hatte. Und da er nicht müde war, so stieg er auf, und stieg so hoch, daß er Gott auf seinem Stuhle konnte sitzen sehen. Als er aber weit gekommen war, legte er seine Flügel zusammen, sank herab, und rief unten mit seiner durchdringenden Stimme »König bün ick! König bün ick!«

»Du unser König?« schrien die Vögel zornig, »durch Ränke und Listen hast du es dahin gebracht.« Sie machten eine andere Bedingung, der sollte ihr König sein, der am tiefsten in die Erde fallen könnte. Wie klatschte da die Gans mit ihrer breiten Brust wieder auf das Land! Wie scharrte der Hahn schnell ein Loch! Die Ente kam am schlimmsten weg, sie sprang in einen Graben, verrenkte sich aber die Beine, und watschelte fort zum nahen Teiche mit dem Ausruf »Pracherwerk! Pracherwerk!«[2] der kleine ohne Namen aber suchte ein Mäuseloch, schlüpfte hinab, und rief mit seiner feinen Stimme heraus »König bün ick! König bün ick!«

»Du unser König?« riefen die Vögel noch zorniger, »meinst du deine Listen sollten gelten?« Sie beschlossen ihn in seinem Loch gefangen zu halten und auszuhungern. Die Eule ward als Wache davor gestellt: sie sollte den Schelm nicht herauslassen, so lieb ihr das Leben wäre. Als es aber Abend geworden war, und die Vögel von der

Anstrengung beim Fliegen große Müdigkeit empfanden, so giengen sie mit Weib und Kind zu Bett. Die Eule allein blieb bei dem Mäuseloch stehen, und blickte mit ihren großen Augen unverwandt hinein. Indessen war sie auch müde geworden, und dachte »ein Auge kannst du wohl zu thun, du wachst ja noch mit dem andern, und der kleine Bösewicht soll nicht aus seinem Loch heraus.« Also that sie das eine Auge zu, und schaute mit dem andern steif auf das Mäuseloch. Der kleine Kerl guckte mit dem Kopf heraus, und wollte wegwitschen, aber die Eule trat gleich davor, und er zog den Kopf wieder zurück. Dann that die Eule das eine Auge wieder auf und das andere zu, und wollte so die ganze Nacht abwechseln. Aber als sie das eine Auge wieder zu machte, vergaß sie das andere aufzuthun, und sobald die beiden Augen zu waren, schlief sie ein. Der Kleine merkte das bald, und schlüpfte weg.

Von der Zeit an darf sich die Eule nicht mehr am Tage sehen lassen, sonst sind die andern Vögel hinter ihr her, und zerzausen ihr das Fell. Sie fliegt nur zur Nachtszeit aus, haßt aber und verfolgt die Mäuse, weil sie solche böse Löcher machen. Auch der kleine Vogel läßt sich nicht gerne sehen, weil er fürchtet es gienge ihm an den Kragen, wenn er erwischt würde. Er schlüpft in den Zäunen herum, und wenn er ganz sicher ist, ruft er wohl zuweilen »König bün ick!« und deshalb nennen ihn die andern Vögel aus Spott Zaunkönig.

Niemand aber war froher als die Lerche, daß sie dem Zaunkönig nicht gehorchen brauchte. Wie sich die Sonne blicken läßt, steigt sie in die Lüfte, und ruft »ach, wo is dat schön! schön is dat! schön! schön! ach, wo is dat schön!«[3]

Die Scholle.

1840

Die Fische waren schon lange unzufrieden daß keine Ordnung in ihrem Reich herrschte. Keiner kehrte sich an den andern, schwamm rechts und links, wie es ihm einfiel, fuhr zwischen denen durch, die zusammenbleiben wollten, oder sperrte ihnen den Weg, und der stärkere gab den schwächeren einen Schlag mit dem Schwanz, daß er weit weg fuhr, oder verschlang ihn ohne weiteres. »Wie schön wäre es, wenn wir einen König hätten, der Recht und Gerechtigkeit bei uns übte« sagten sie, und vereinigten sich den zu ihrem Herren zu wählen, der am schnellsten die Fluthen durchstreichen, und dem schwachen Hilfe bringen könnte.

Sie stellten sich also am Ufer in Reihe und Glied auf, und der Hecht gab mit dem Schwanz ein Zeichen, worauf sie alle zusammen aufbrachen. Wie ein Pfeil schoß der Hecht dahin, und mit ihm der Hering, der Gründling, der Barsch, die Karpfe, und wie sie alle heißen. Auch die Scholle schwamm mit, und hoffte daß Ziel zu erreichen.

Auf einmal ertönte der Ruf »der Hering ist vor! der Hering ist vor.« »Wen is vör?« schrie verdrießlich die platte mißgünstige Scholle, die weit zurückgeblieben war, »wen is vör?« »Der Hering, der Hering« war die Antwort. »De nackte Hiering?« rief die neidische, »de nackte Hiering?« Seit der Zeit steht der Scholle zur Strafe das Maul schief.[1]

Rohrdommel und Wiedehopf.

1840

»Wo weidet ihr eure Herde am liebsten?« fragte einer einen alten Kuhhirten. »Hier, Herr, wo das Gras nicht zu fett ist, und nicht zu mager; es thut sonst kein gut.« »Warum nicht?« fragte der Herr. »Hört ihr dort von der Wiese her den dumpfen Ruf?« antwortete der Hirt, »das ist der Rohrdommel, der war sonst sein Hirte, und der Wiedehopf war es auch. Ich will Euch die Geschichte erzählen.

Der Rohrdommel hütete seine Herde auf fetten grünen Wiesen, wo Blumen im Überfluß standen, davon wurden seine Kühe muthig und wild. Der Wiedehopf aber trieb das Vieh auf hohe dürre Berge, wo der Wind mit dem Sand spielt, und seine Kühe wurden mager, und kamen nicht zu Kräften. Wenn es Abend war, und die Hirten heimwärts trieben, konnte Rohrdommel seine Kühe nicht zusammenbringen, sie waren übermüthig und sprangen ihm davon. Er rief »bunt herüm« (bunte Kuh, herum), doch vergebens, sie hörten nicht auf seinen Ruf. Wiedehopf aber konnte sein Vieh nicht auf die Beine bringen, matt und kraftlos war es geworden. »Up, up, up!« schrie er, aber es half nicht, sie blieben auf den Sand liegen. So gehts wenn man kein Maß hält. Noch heute, wo sie keine Herde mehr hüten, schreit Rohrdommel »bunt herüm«, und der Wiedehopf »up, up, up!«[1]

Die himmlische Hochzeit.

1815

Es war einmal ein armer Bauerjung' in der Kirche und hörte, wie der Pfarrer sprach: »wer da will in's Himmelreich kommen, muß immer geradaus gehen.« Da machte er sich auf und ging ganz gerad' fort, über Berg und Thal; endlich kam er in eine große Stadt und mitten in die Kirche, wo eben Gottesdienst gehalten wurde. Wie er all die Herrlichkeit sah, meinte er, nun wär' er im Himmel angelangt, setzte sich hin und war froh. Als der Gottesdienst vorbei war, kam der Küster und hieß ihn hinausgehen. »Nein, sprach er, ich gehe nicht heraus, ich bin froh, daß ich endlich im Himmel bin.« Da ging der Küster zum Pfarrer und sagte ihm, es wär' ein Junge in der Kirche, der wolle nicht wieder heraus, weil er glaube, er wäre da im Himmelreich. Der Pfarrer sprach: »wenn's so ist, wollen wir ihn behalten,« ging hin und fragte ihn, ob er auch Lust hätte zu arbeiten? Ja, antwortete der Kleine, Arbeiten sey er gewohnt, aber heraus ginge er nicht. Also blieb er in der Kirche und als er sah, wie die Leut' zu dem Muttergottesbild mit dem Jesuskind, das aus Holz geschnitten war, kamen, knieten und beteten, meinte er, das wär' der liebe Gott und sprach: »hör' einmal, lieber Gott, was bist du mager! wie dich die Leut' hungern lassen! ich will dir auch jeden Tag mein halbes Essen bringen.« Nun bracht er dem Bild jeden Tag die Hälfte von seinem Essen und das Bild fängt auch an zu essen. Wie ein paar Wochen herum sind, merkten die Leute, daß das Bild zunahm, dick und stark ward, wunderten sich sehr; der Pfarrer konnte es auch nicht begreifen, blieb in der Kirche und ging dem Kleinen nach, da sah er, wie er sein Brot mit der Mutter Gottes theilte. Auf eine Zeit ward er krank und konnte acht Tage nicht aus dem Bett, wie er aber zuerst wieder aufstand, nahm er gleich Essen und der Pfarrer ging ihm nach und sah, wie er's hinbrachte und hörte ihn sprechen: »lieber Gott, nimm's nicht übel, daß ich so lange nichts gebracht, ich war aber krank und konnte nicht aufstehen.« Da antwortete das Bild und sprach: »das thut nichts, ich habe deinen guten Willen gesehen, das ist genug und nächsten Sonntag sollst du zu mir auf die Hochzeit kommen.« Der Junge freute sich sehr und der Pfarrer bat ihn, zu gehen und das Bild zu fragen, ob er auch dürfe mitkommen. »Nein, sagte das Bild, du allein.« Der Pfarrer aber wollte ihn erst vorbereiten und ihm das Abendmahl geben, das war der Kleine zufrieden und nächsten Sonntag, wie's Abendmahl an ihn kommt, fällt er um und ist todt und war zur ewigen Hochzeit.[1]

Sammler & Verleger

Georg Friedrich Fallenstein

Ein preußischer Finanzbeamter

lieferte Häsichenbraut

Als größte Lebensleistung wird Georg Friedrich Fallenstein der Bau einer repräsentativen Villa in Heidelberg nachgesagt. Das Haus in der Ziegelhäuser Landstraße 17, nahe der Karl-Theodor-Brücke, die eigentlich besser als Alte Brücke bekannt ist, steht noch heute. Seit seinem Bau Mitte des 19. Jahrhunderts blickte man von ihm aus über den Neckar auf die imposante Schlossruine der Pfälzer Kurfürsten. Unter Denkmalschutz gestellt, trägt es allerdings heute den Namen von Max(imilian Carl Emil) Weber, dem deutschen Soziologen, Juristen und Nationalökonomen.

1864 in Erfurt geboren, war dieser Max Weber das erste Enkelkind von Fallensteins Tochter Helene. 1910 bezog der Weber-Enkel Fallensteins zusammen mit seiner Ehefrau Marianne Heidelbergs heute traditionsreichstes Professorenwohnhaus. Die herrschaftliche Villa gegenüber Schloss und Altstadt umgab ursprünglich eine rund 3000 Quadratmeter große Parkanlage. Nach dem Tod von Max Weber 1920 wurden die Witwe Marianne und der Bruder Alfred Weber Gastgeber für Sonntagsnachmittagsgespräche, zu denen berühmte Persönlichkeiten wie die Philosophen Karl Jaspers, Karl Mannheim und Ernst Bloch oder der Reichsjustizminister Gustav Radbruch kamen.

Georg Friedrich Fallenstein

Seit 1992 beherbergt die ehemalige Fallensteinsche Villa das Kolleg für deutsche Sprache und Kultur des Internationalen Studienzentrums der Ruprecht-Karls-Universität Heidelberg sowie eine Max-Weber-Gedächtnisstätte.

Von 1850 bis 1860/61 ist Professor Georg Gottfried Gervinus als Mieter im Fallensteinschen Haus nachgewiesen. Gervinus gehörte mit Jacob und Wilhelm Grimm zu den berühmt gewordenen Göttinger Sieben, die der selbstherrliche König Ernst August I. von Hannover und Herzog von Braunschweig-Lüneburg im Dezember 1837 aus dem Universitätsdienst entließ und teilweise des Landes verwies, dessen Thron er gerade im Juni bestiegen hatte. Mit der Aufhebung der erst 1833 eingeführten Verfassung und dem Versuch der Rückkehr zum absolutistischen Regieren machte sich der fünfte Sohn der aus Mecklenburg-Strelitz stammenden englischen Königin Sophie Charlotte und Schwiegersohn des Mecklenburg-Strelitzer Großherzogs Carl bei seinem Volk unbeliebt.

Die Bekanntschaft Fallensteins mit dem Historiker Georg Gottfried Gervinus, aus der sich eine tiefe Freundschaft entwickelte, ist keine seiner frühen Lebensjahre. Aber sie könnte durch die gemeinsame Bekanntschaft mit den Brüdern Grimm beeinflusst worden sein.

Am 15. Dezember 1815 hatte Georg Friedrich Fallenstein das Märchen von der Häsichenbraut, das er von einer Bäuerin aus dem Wendenlande[1] gehört haben will, an die Grimms geschickt.

1838 begannen Jacob und Wilhelm Grimm im Haus ihres Bruders Emil in Kassel mit ihrer Arbeit an ihrem »Deutschen Wörterbuch«. Als es 1854 veröffentlicht wurde, zählte Jacob Grimm im Vorwort Georg Friedrich Fallenstein als einen der fleißigen Mitarbeiter auf. Im Nachlass der Grimms sind neun zwischen 1815 und 1853 geschriebene Briefe Georg Friedrich Fallensteins an die Brüder Grimm und 13 zwischen 1845 und 1847 an Wilhelm Grimm gerichtete Briefe sowie fünf Antworten Wilhelms an den Absender erhalten.[2]

1845 hatten sich Georg Friedrich Fallenstein und

Georg Gottfried Gervinus, der inzwischen als Professor in Heidelberg wirkte, kennen gelernt. Gervinus, der wie Jacob Grimm 1837 nicht nur aus dem Göttinger Universitätsdienst entlassen, sondern auch des Landes verwiesen worden war, korrespondierte ebenfalls eifrig mit den Grimms. Der Nachlass der Märchen-Brüder enthält unter anderem 16 zwischen 1840 und 1853 geschriebene Briefe Gervinus' an die Brüder und drei Antwortschreiben.[3]

Fallenstein teilte mit dem verbannten Professor Gervinus nicht nur die enge Bekanntschaft mit den Brüdern Grimm, sondern auch den Gerechtigkeitssinn.

Schon fünfzehnjährig hatte der am 2. September 1790 in Kleve geborene Sohn eines Theologen und dessen aus einer Hugenottenfamilie stammenden Ehefrau »umgetrieben von dem Franzosenhasse« nach einem von ihm selbst verfassten Lebenslauf die Schule verlassen, um in österreichische Militärdienste zu treten. Kleve war von 1798 bis 1814 französisch besetzt. In der Dreikaiserschlacht von Austerlitz am 2. Dezember 1805 wurde Fallenstein am Fuß verwundet.

Im Anschluss an diese kurze Militärkarriere studierte er. Weder wo noch wann noch was er studierte, ist heute bekannt. Klar ist nur, dass seine Studien in den Jahren 1806 und 1807 »regellos, fachlos und von den wissenschaftlichen, politischen und geselligen Aufregungen der Jugend jener Jahre vielfach gestört wurden«[4]. Als Studienorte werden für diese Zeit Jena und Halle genannt. 1809 wurde er aufgrund einer Schlägerei von der Universität Halle verwiesen. Er zog zu seiner Mutter, die mit seinen Geschwistern in Berlin lebte.

Im Jahr darauf heiratete er zwanzigjährig die achtzehnjährige Elisabeth Benecke, Tochter eines verstorbenen Mechanikers. Der junge Ehemann versuchte mit Privatunterricht den Lebensunterhalt für sich und seine schwangere Frau zu bestreiten. 1811 wurde sein erster Sohn Albert geboren. 1815, 1818, 1820 folgten zwei Söhne und eine Tochter. Dann wurden wieder ein Sohn und 1827 eine Tochter geboren. 1831 starb die Ehefrau und sechsfache Mutter neununddreißigjährig. Nach der Geburt des ersten Sohnes wurde Fallenstein als Hauslehrer der Familie Otto Sigismund von Treskows in der 12 000 Hektar umfassenden preußischen Herrschaft Owinsk eingestellt, wo Schinkel zwischen 1804 und 1806 gerade ein neues Schloss gebaut hatte.

Nach nur einem Jahr auf dem Treskow-Schloss nahe Posen (Poznan) erhielt Fallenstein in Beeskow bei Frankfurt an der Oder eine schlecht bezahlte Anstellung. Um das Familieneinkommen aufzubessern, schrieb er Beiträge für die Zeitschrift »Der Freimüthige« von Dr. August Kuhn. Darüber hinaus arbeitete er an einem Roman und veröffentlichte unter dem Titel »Iduna« eine kleine Gedichtsammlung.

Als 1813 König Friedrich Wilhelm III. von Preußen zur Bildung freiwilliger Jägerkorps und zum Kampf gegen Napoleon aufrief, war Georg Friedrich Fallenstein einer der allerersten Freiwilligen. Er trat in das dritte Bataillon der Lützower Jäger ein und rüstete seinen Bruder Eduard für die Landwehr und einen weiteren jungen Mann als freiwilligen Jäger aus. Gleich zu Beginn der Feldzüge von 1814 wurde er Oberjäger bei den Lützowern und bekannt mit Theodor Körner, mit dem sich Fallenstein auch anfreundete. 1815 trat Fallenstein nach erneutem Kriegsausbruch als Premierleutnant in das 8. Schlesische Infanterieregiment ein und zog mit diesem bis nach Paris. Am 29. August wurde er dort Polizeikommandant des siebenten Arrondissements. Ende November kam er nach Berlin zurück und trat wieder seine Stelle als Kalkulator bei der Regierung in Potsdam an, die ihm bereits seit Mai das Auskommen sicherte.

Im März 1816 wurde Fallenstein als Sekretär der neu errichteten Bezirksregierung nach Düsseldorf versetzt. Während der fünfzehnjährigen Dienstzeit für den Düsseldorfer Regierungspräsidenten Philipp von Pestel reiften in ihm Auswanderungspläne nach Mexiko. Aber zum einen wuchs seine Familie und umfasste 1831 sechs Kinder. Zum anderen wurde Fallenstein 1832 als Regierungsrat nach Koblenz versetzt. Drei Jahre später heiratete er Emilie Souchay, die Tochter eines überaus wohlhabenden Kaufmanns aus Frankfurt am Main. Mit ihr zeugte er ebenfalls sechs Kinder. Finanziell nun in gesicherten Verhältnissen lebend, bat Fallenstein körperlich geschwächt 1844 um die Entlassung aus dem Amt. Gewährt wurde nur ein einjähriger Urlaub. Eine erneute Bitte 1845 fand eine Genehmigung. Die Familie ließ sich in der Nähe Heidelbergs nieder, da Fallenstein dort in einen Kreis um den Historiker Professor Friedrich Christoph Schlosser und den liberalen Politiker Ludwig Häusser geraten war, beide übrigens bestens bekannt mit Professor Gervinus. In dieser Runde näherte sich der Ruhestandsbeamte als Finanzrat a. D. wieder der liberalen Geisteshaltung, die ihn in seinen Jugendjahren ausgezeichnet und die er während seiner preußischen Beamtenkarriere gegen konservative Ansichten getauscht hatte.

Seine preußische Vergangenheit wurde Georg Fallenstein 1849 zum Verhängnis. Nach dem Scheitern der Frankfurter Nationalversammlung kam es im gesamten Großherzogtum Baden zum Maiaufstand. In der Nacht vom 13. auf den 14. Mai richtete sich die erbitterte Stimmung in Heidelberg vor allem gegen liberale Professoren wie Häusser, Gervinus oder Welcker. Ein Biergartengerücht verbreitete das Märchen, Gervinus beziehe durch Vermittlung seines Freundes und Hauswirts Fallenstein Geld aus Berlin. Jemand behauptete sogar, er habe ein Fässchen mit preußischen Talern über die Alte Brücke rollen sehen, also in Richtung des Hauses von Fallenstein und Gervinus. Die Steine, mit denen aufgebrachte Heidelberger die Fenster von Gervinus einwerfen wollten, trafen einen Stock tiefer die Betten der Fallensteinschen Kinder. Ganz alter Lützower, griff sich Fallenstein ein Gewehr, trat damit vor die Tür und drohte jeden niederzuschießen, der noch einen Stein werfe. Die von einem Verwandten alarmierten Turner, die in der Nähe übten, kamen noch rechtzeitig und konnten Schlimmeres verhüten. Fallenstein und Gervinus verließen daraufhin die Stadt und suchten wie viele andere Flüchtlinge aus Heidelberg Schutz im nahe gelegenen hessischen Auerbach. Nach einigen Wochen, preußische Interventionstruppen hatten den badischen Aufstand komplett niedergeschlagen, konnten alle Emigranten aus Auerbach zurückkehren. Fallenstein zog es aber vorerst nicht nach Heidelberg, sondern zu einem längeren Aufenthalt mit Familie nach England zu Verwandten seiner Frau.

1850 engagierte sich Fallenstein für die Schleswig-Holsteinische Frage. Im dort ausgebrochenen Krieg zwischen dem Deutschen Bund und Dänemark ergriff er Partei für den Deutschen Bund und organisierte aus Heidelberg Lieferungen von Lazarettbedarf im Spendenwert von 8000 Talern.

Als 1853 gegen Georg Gottfried Gervinus wegen der Publikation »Einleitung in die Geschichte des neunzehnten Jahrhunderts« vom Mannheimer Hofgericht Anklage wegen Hochverrats erhoben wurde, griff Georg Fallenstein für eine Verteidigungsschrift zu Feder, um auf 68 Seiten dem Freund beizustehen.[5]

Drei Tage nach Weihnachten ereilte ihn 1853 zum wiederholten Mal ein Schlaganfall, dessen Folgen seinem Leben Silvester morgens um 4 Uhr ein Ende setzten.

Georg Friedrich Fallenstein starb dreiundsechzigjährig – vor dem Altersverfall, so wie er es sich immer gewünscht hatte. Vor allem seinen jüngeren Töchtern blieb er in wacher Erinnerung.

»Er lebte im Gedächtnis derer, die ihn gekannt hatten als ein Mann, ausgestattet mit einer Überfülle an leiblicher und sittlicher Kraft, hart geworden in der Schule des Lebens, leidenschaftlich erregbar, stark im Lieben wie im Hassen, aber zugleich voll Herzensgüte und Ritterlichkeit gegen die Schwachen. Maßvolle Ausgeglichenheit war ihm versagt, er war oft unbequem und im Alltag lastend, aber im Beruf meisterte hingebungsvolle Selbstentäußerung sogar seine Heftigkeit.«[6]

Fallenstein »blieb rastlos tätig, von den öffentlichen Dingen interessierte ihn besonders die Förderung des konfessionellen Friedens und ferner die Erhaltung der napoleonischen Gesetze für die Rheinlande. Sein Hass auf Napoleon hinderte ihn nicht, dessen Institutionen den damaligen preußischen vorzuziehen. Vor allem war er überzeugt, dass ihre gewaltsame Beseitigung die Rheinlande Preußen entfremden werde. Neben dem politischen erfüllte ihn auch gemeinnütziges Wirken aller Art. So organisierte er zum Beispiel mit Hilfe der Familie Souchay in Schönau, einem der von Hunger geplagten Dörfer des Odenwaldes, eine geregelte Unterstützung der Kleinbauern durch Geld- und Viehleihe.«[7]

Georg Friedrich Fallenstein lebte im Gedächtnis derer, die ihn gekannt hatten, aber nicht darüber hinaus. Und wäre er nicht schon 1853 gestorben, wäre wohl auch seine Freundschaft zu Gervinus 1860 erloschen und möglicherweise in Hass umgeschlagen. Der Freund und Mieter in seinem Haus versuchte sich, als Fallensteins Tochter Helene gerade 16 Jahre alt geworden war, »in plötzlicher Gier an ihr zu vergreifen«[8], das heißt, sie zu vergewaltigen.

August Franz von Haxthausen

Ein Agrarwissenschaftler und Nationalökonom

lieferte »Die Krähen«

Über Vereinsamung in der Kindheit musste August Franz Ludwig Maria Freiherr von Haxthausen nicht klagen. Er war der jüngste von acht Brüdern und neun Schwestern. Eine etwa gleichaltrige Nichte war die Schriftstellerin Annette von Droste-Hülshoff. Am 3. Februar 1792 im Fürstbistum Paderborn als Sohn des Drosten[1] Werner Adolf von Haxthausen und seiner Frau, einer geborenen Freiin Marie Anne von Wendt-Papenhausen, geboren, war er Agrarwissenschaftler, Nationalökonom, Jurist, Landwirt, Schriftsteller, Volksliedersammler und vor allen ein Freund der Brüder Grimm.

Auf dem Bökerhof in Bökerdorf, am Sitz der Familie bei Brakel im Kreis Höxter in Nordrhein-Westfalen, hatte sich ein von den Brüdern Werner und August von Haxthausen initiierter Kreis literarisch ambitionierter junger Leute zusammengefunden, zu dem auch die Schwestern Anna, Ludowine und Fernandine von Haxthausen sowie Heinrich Straube und August von Arnswaldt gehörten. Wilhelm Grimm kam erstmals 1811 nach Bökendorf, Jacob Grimm erst nach 1846. Häufigster Gast war beider Bruder Emil Grimm, der als Maler seine Eindrücke auf zahlreichen Zeichnungen, Aquarellen und Karikaturen, aber auch schriftlich festhielt. Im Bökendorfer Kreis sammelte man zusammen mit vielen Freunden und Bekann-

August von Haxthausen auf einem Ölgemälde
von Hugo Denz aus dem Jahr 1860

ten Märchen, Sagen und literarisches Volksgut. 65 Märchen bzw. Kinderlegenden der Grimmschen Sammlung sollen nur von der Familie von Haxthausen stammen bzw. durch von ihnen übermittelte Varianten beeinflusst sein. Die meisten werden Anna von Haxthausen, ab 1830 verheiratete Anna von Arnswaldt, zugeschrieben, sechs Ludowine, zwei Marianne und drei August von Haxthausen, darunter auch das Mecklenburger von den Krähen, dass er während der Befreiungskriege an der Front gehört hatte.

August Franz von Haxthausen hatte 1811 sein Studium auf der Bergschule Clausthal in Niedersachsen[2], im Gegensatz zu einer Bergakademie eine private Fachschule für höhere Grubenbeamte, begonnen. Nach den Befreiungskriegen setzte er seine Studien zwischen 1815 und 1818 in Göttingen fort. Schwerpunkt war die Arbeit an einem umfassenden Werk über die Agrarverfassung, von dem später nur Teil 1 über die Agrarverfassung in den Fürstentümern Paderborn und Corvey erschien. 1818 musste er, ohne seine Studien beenden zu können, nach Bökerhof zurückkehren, um aufgrund einer kritischen Vermögenslage die Familiengüter zu verwalten. Sieben Jahre später übernahm sie sein älterer Bruder Werner in gutem Zustand.

1829 wurde Haxthausen durch den späteren preußischen Innenminister Gustav von Rochow in Berlin eingeführt. Dort erwarb er die Gunst des damaligen Kronprinzen und späteren Königs Friedrich Wilhelm IV. Infolgedessen 1834 zum Geheimen Regierungsrat ernannt, bereiste er im Regierungsauftrag neun Jahre lang den preußischen Staat, um die ländliche Verfassung in den verschiedenen Provinzen zu erforschen. Aufgrund seiner konservativ-katholischen Gesinnung verlor er 1838 sein Gehalt und kehrte auf das väterliche Gut Abbenburg zurück. Ein letzter Versuch, 1842 eine dauernde Anstellung zu erhalten, endete damit, dass er aus dem preußischen Staatsdienst mit einer Pension von 800 Talern ausschied.

Zwei Jahre zuvor oder ein Jahr danach, die Quellen widersprechen sich, soll der ewige Junggeselle das Wasserschloss Thienhausen bei Steinheim bezogen haben, welches die Brüder August und Werner vom aussterbenden dänischen Zweig der Familie gekauft hatten. Thienhausen genoss im 19. Jahrhundert wie Bökerhof den Ruf eines beliebten Künstler- und Literatentreffpunkts. In dieser »Herberge der Gerechtigkeit«, wie Levin Schücking das Schloss in seinem gleichnamigen zweiteiligen Roman von 1879 nannte, führte der Hausherr ein Leben als »Tyrann von Thienhausen«, meinte Lulu von Strauß und Torney in ihrem 1933 mit einer Auflage von 4000 Exemplaren erschienenen Roman »Vom Biedermeier zur Bismarckzeit. Aus dem Leben eines Neunzigjährigen« über August von Haxthausen.

Seit seinen Studien in den Jugendjahren ein Kenner des Agrarwesens, lud ihn Zar Nikolaus I. ein, Russland zu bereisen, um dort die ländlichen Verhältnisse zu untersuchen. Zur Finanzierung dieser Reise von März 1843 bis April 1844 zahlte ihm der russische Staat ein Jahresgehalt im Voraus. Als Ergebnis der Reise entstanden unter anderem die drei Bände der zwischen 1847 und 1852 erschienenen »Studien über Russland«, der Text »Transkaukasia« sowie verschiedene Aufsätze in verschiedenen Schriften. Mit einem großen Teil seiner »russischen Arbeiten« nahm August von Haxthausen Einfluss auf die 1861 im Zarenreich erfolgte Bauernbefreiung.

Während seiner Russlandreise trug er außerdem eine umfangreiche Sammlung von weltlichen und geistlichen Volksliedern zusammen.

Im fortgeschrittenen Alter von immerhin 65 Jahren wurde August von Haxthausen die treibende Kraft für die Wiederherstellung des deutschen Zweiges des katholischen Malteserordens. Er führte als Beauftragter des Vatikans jahrelange Verhandlungen mit der preußischen Regierung, die 1859 zur Anerkennung durch Rom und erst 1900 zur staatlichen Anerkennung als Verein führten. Außerdem setzte er sich für eine Union der orthodoxen mit der katholischen Kirche ein.

Das bekannte Porträt von Hugo Denz zeigt August von Haxthausen 1860 in einer Rüstung mit dem Ordensmantel der Malteser.

August von Haxthausen starb in der Silvesternacht 1866 bei seiner Schwester Anna von Arnswaldt in Hannover.

Über diese Schwester gab es für August von Haxthausen Beziehungen zu Mecklenburg. Sein Schwager August von Arnswaldt, Königlich hannoverscher Legationsrat, besaß zwei Güter hierzulande: das 761 Hektar große Gustävel bei Schwerin, das der Familie bis zur Bodenreform 1945 gehörte und seit 2004 ein Ortsteil der Gemeinde Kuhlen-Wendorf im Landkreis Parchim ist, und das 555 Hektar große Schönlage, früher Poverstorf, heute ein Ortsteil von Weitendorf bei Brüel, das 1924 von der Familie verkauft werden musste. Und vielleicht war August von Haxthausen einmal auf Familienbesuch vor Ort.

Johann Jacob Nathanael Mussäus

Ein alleinerziehender Pastor

lieferte »Der Zaunkönig«, »Die Scholle«,
»Rohrdommel und Wiedehopf«

Das Leben war nicht unbedingt sein Freund. Johann Jacob Nathanael Mussäus wurde am 3. Oktober 1789 als zweites von drei Kindern in Groß Methling, einem heutigen Ortsteil von Dargun, geboren. Bis 1788 hatte sein Vater Johann Nathanael sechs Jahre die Pfarrstelle in Bössow bei Grevesmühlen inne, dann ereilte ihn der Ruf aus dem Osten, an die Grenze zu Pommern. Der Pastor stand in der Kraft seiner besten Jahre. Am 25. Juli 1783 hatte er geheiratet, Maria Dorothea Susemihl, geboren am 28. Januar 1755, 28 Jahre alt und Tochter des Pfarrers Johann Bernhard Susemihl und seiner Frau Elisabeth Dorothea Präve(c)ke. Die Sechzigjährige, die im Haushalt ihrer Tochter und ihres Schwiegersohns lebte, starb ein Jahr nach dem Umzug. Der junge Johann Jacob hat seine Großmutter, die sich in seinen ersten Lebensmonaten um ihn gekümmert haben dürfte, nicht kennen gelernt. Großvater Susemihl war bereits 1766 verstorben. Sein Urgroßvater Carl Joachim Präve(c)ke, übrigens ein gebürtiger Neubrandenburger, hatte 1745 in zweiter Ehe auch eine Pfarrerstochter aus dem Hause Susemihl geheiratet. Er war 55 Jahre alt, seine Frau Elisabeth Friederike 24.

Anfangs erteilte sein Vater dem jungen Johann Jacob Nathanael Unterricht. Vierzehnjährig wurde der Junge 1803 auf das Gymnasium in Rostock geschickt. Sech-

Der Pfarrhof von Hanstorf – das Zuhause von Johann Jacob Nathanael Mussäus

zehnjährig nahm ihm der Tod seine Mutter, am 29. Januar 1805, einen Tag nach ihrem 50. Geburtstag. Der Vater war damit allein erziehender Pastor. Die drei Kinder wurden größer und das Geld aufgrund der mitwachsenden Ansprüche weniger. Kam Johann Jacob anfangs noch mit dem Unterhalt des Vaters aus, änderte es sich, als er am 10. Mai 1810 mit 21 Jahren die Rostocker Universität für ein Studium der Theologie[1] bezog. Er musste Privatstunden erteilen, um nicht gar zu arg zu hungern und den Vater finanziell zu entlasten. Am 27. März 1811, einem Mittwoch, 19 Tage vor Ostern, starb Pastor Nathanael Mussäus neunundsechzigjährig.

Johann Jacob war nun mittellos und musste sich durch das Studium schlagen, in einer Zeit, da Mecklenburg besetzt war und das Land auspresst wurde und die Preise stiegen und stiegen. »Das jahrelange französische Regiment im Lande, die Habgier französischer Beamter, die vielen Einquartierungen, die großen Truppendurchzüge, die unaufhörlichen Kontributionen, vor allem der entsetzliche Feldzug nach Russland, zu dem Mecklenburg über Gebühr und Können an Truppen und Abgaben hatte beisteuern müssen, hatten das Land verödet, die Bevölkerung verarmen lassen und es fast an den Rand des Verderbens gebracht.«[2] Von Rostock wechselte Johann Jacob an die 1810 eröffnete Berliner, heute Humboldt-Universität.

Nach Beendigung des napoleonischen Russlandabenteuers von 1812, auf dem auch mehr als 2000 Mecklenburger umgekommen waren, gehörte er zu »denjenigen, welche durch begeisterte Reden die akademischen Jünglinge zum Eintritt in den Kriegsdienst ermunterten«.[3]

Das universitäre Abschlusszeugnis in der Tasche, folgte er 1813 selbst dem Ruf seines Landesherrn, Herzog Friedrich Franz von Mecklenburg-Schwerin, zum Kampf gegen den französischen Weltbezwinger. Als in Güstrow das freiwillige Mecklenburger Fußjägerregiment und ein Korps reitender Jäger aufgestellt und eingekleidet wurde, stand auch Johann Jacob Mussäus in den Reihen der Freiwilligen. Seine Kameraden wählten ihn aufgrund seines Eifers bald zum Oberjäger, dann wurde er Feldwebel der 4. Kompanie des Fußjägerregiments. Als solcher machte er den gesamten Krieg mit. Dabei focht er unter anderem auch in dem Gefecht bei Sehestedt, westlich von Kiel, wo August von Haxthausen von einem Mecklenburger Kameraden das Märchen von den Krähen hörte, das er später den Grimms übermittelte.

Ein Zufall der Geschichte. Zwei Männer, die sich in

ihrem Leben intensiv mit Märchen beschäftigten, zwei so genannte »Zuträger« der Brüder Grimm, kämpften am selben Tag am selben Ort für dasselbe Ziel, die Befreiung Deutschlands vom napoleonischen Joch.

Einen Monat vor der endgültigen Auflösung des Regiments im August 1814 erhielt Johann Jacob Mussäus seinen Abschied aus dem aktiven Dienst. »Mit Unmut über die Wendung der vaterländischen Angelegenheiten nach dem Krieg« kehrte er in seine Heimat zurück, wo er Hauslehrer in Malchin wurde. Er trug sich mit dem Gedanken, sich zum Lehrer an einer Universität auszubilden, aber ein junges, schon lange geliebtes Mädchen hielt ihn zurück, diese Pläne in die Tat umzusetzen.

Elisabeth Sophie Luise Francke, geboren am 18. Februar 1800, war die Tochter des bereits verstorbenen Postrats und Justizkanzleiadvokaten Friedrich Ludwig Francke aus Malchin und gerade einmal 16 Jahre alt, als Mussäus das Angebot erreichte, eine Lehrerstelle in Ludwigslust zu besetzen. 1818 wurde er dort zum Rektor[4] berufen und seine Liebste 18 Jahre alt. Grund genug zum Heiraten. Vier Kinder gingen aus der Ehe hervor. Ein Sohn, Carl Ludwig Johann, starb in frühester Jugend. Johann Jacob wird nachgesagt, ein guter Vater und talentierter Lehrer gewesen zu sein.[5] 1822 kam Großherzog Friedrich Franz I. seiner Bitte um die Verleihung einer Pfarrstelle nach. In Hanstorf bei Doberan war nach zehnjähriger Dienstzeit 1821 Pastor Johann Friedrich Jobst Bauer im Alter von 45 Jahren im alten Pfarrhaus verstorben. Dass ein Jahr zwischen dem Tod des alten Pastors und der Bestellung und Wahl eines neuen Geistlichen verging, könnte mit

Ab 1822 betreute Johann Jacob Nathanael Mussäus die Kirchen von Hanstorf (Foto) und Heiligenhagen.

dem Bau eines neuen Pfarrhauses zusammenhängen. Die Denkmalpflege gibt an, das Haus wäre um 1825 errichtet. Heute ist es mit Backhaus und Scheune ein evangelisches Freizeitheim.

33 Jahre war Johann Jacob Mussäus alt, als er seine Stelle als Seelsorger in Hanstorf und der fünf Kilometer entfernten Filialkirche Heiligenhagen antrat. Neun Jahre stand ihm bei der Arbeit seine geliebte Frau Elisabeth hilfreich zur Seite. Sie starb am 18. Dezember 1831. Johann Jacob Mussäus wurde nun wie sein Vater allein erziehender Pastor von drei Kindern. Er war 42 Jahre alt, der Nachwuchs kam gerade in die Pubertät.

Neben seinen Aufgaben als Pastor beschäftigte er sich bereits seit Jahren mit der mecklenburgischen Sprach-

und Volkskunde. Er sammelte plattdeutsche Sprichworte und Redensarten, Informationen zu Bräuchen und zum Aberglauben und versuchte sich an einer Grammatik des Plattdeutschen. 1829 kam in der Hofbuchhandlung Ludwig Dümmlers in Neustrelitz und Neubrandenburg sein 85 Seiten starker »Versuch einer plattdeutschen Sprachlehre mit besonderer Berücksichtigung der mecklenburgischen Mundart« heraus. 1837 veröffentlichte er in den Jahrbüchern des Vereins für mecklenburgische Geschichte und Altertumskunde, dessen ordentliches Mitglied er war, einen umfangreichen Aufsatz »Über die niederen Stände auf dem flachen Lande in Mecklenburg-Schwerin«. Doch nicht nur der Volks- und Sprachkunde galt sein Interesse. Ebenso beschäftigte er sich mit Geografie, Botanik, Chemie, Stöchiometrie, Geschichte, Poesie, Heraldik und Genealogie.

Sein Geschlecht leitete Mussäus von einem in Pommern eingewanderten Schotten namens Musse her, dessen Nachkommen sich über ganz Deutschland verbreiteten und sich zuletzt in latinisierter Schreibart in Mussäus und Musäus unterschieden. Das würde Johann Jacob Mussäus zu einem entfernten Verwandten des Märchensammlers Johann Karl August Musäus (1735–1785) in Thüringen machen, der von Anna Amalia, der legendären Herzogin von Sachsen-Weimar-Eisenach, protegiert wurde. Dessen gesammelte Märchen sind zwar erst 55 Jahre nach seinem Tod 1842 als »Volksmärchen der Deutschen« herausgegeben worden, aber Johann Jacob Mussäus hatte mehrfach auf die Verwandtschaft mit Johann Karl Musäus hingewiesen und ja auch selbst Märchen gesammelt. Archivar Friedrich Lisch hatte sie ein Jahr nach dem Tod von Johann Jacob Mussäus in den Mecklenburgischen Jahrbüchern veröffentlicht und ihm damit ein Denkmal gesetzt.

Mit Lisch stand Mussäus in Verbindung. Im Vorwort zur Märchenedition schrieb Lisch in einer Art Nachruf: »... das schmerzliche, vieljährige Brustleiden, welches seinem Leben trotz wiederholter Operationen ein Ende machte, ließ ihn seine Arbeiten beschleunigen, so schwer sie ihm auch werden mochten. Er sah seinen baldigen Tod voraus; schon im Sommer 1837 empfing er mich am Meeresstrande bei Doberan, heiter und fest, als ein ‚Kandidat des Todes', und fasste nun den Entschluss, bald niederzuschreiben, was er im Leben erfahren hatte. Vorzüglich wandte er seine Tätigkeit den Volksmärchen zu, die er selbst aus dem Munde des Volkes gehört hatte und zu deren Niederschreibung wohl Niemand so viel Beruf hatte, als er, gleich seinem entfernten Verwandten Musäus. Was er gegeben hat, konnte kein Anderer geben. Bald sandte er die erste Abtheilung der Märchen. Am 24. September 1838 sandte er den Rest ...«[6] Am 25. November entschloss er sich, seinen plattdeutschen Wortschatz Johann Gottfried Ludwig Kosegarten, Orientalist und Sprachforscher in Greifswald, zukommen zu lassen, zumal er mit Kosegarten entfernt verwandt war. Kosegarten war verheiratet mit einer Justine Susemihl.

Am 1. Januar 1839 teilte Mussäus Lisch in einem Brief mit: »Dem Herrn Prof. Kosegarten habe ich bereits 70 bis 80 Sprichwörter und über 500 Wörter zugesandt, die nicht in dem Dähnert[7] stehen, sondern die ich selbst größtenteils unter den Bauern hörte. Wie ein Hamster habe ich früher habsüchtig mancherlei Art in den Winkel geschleppt, worüber ich mich selbst wundern muss. Noch immer finde ich zerstreut unter den Papieren andere Wörter versteckt, die ich noch alle heraussuchen und mustern will.«[8]

Viel Zeit blieb Johann Jacob Mussäus dafür nicht mehr. Am 29. März 1839, es war Karfreitag, verstarb der Pastor von Hanstorf und Heiligenhagen, einige Monate vor seinem 50. Geburtstag, beweint von seinen Kindern.

In dem Neujahrsbrief an Georg Friedrich Lisch blickte Mussäus noch einmal kurz auf sein Leben zurück. »Ach, ich liege auch nicht auf Rosen. Früh verwaiset, musste ich auf Schulen zu Zeiten furchtbar hungern, Stunden geben †, verlor späterhin das Liebe, was ich gefunden hatte, und jetzt in der rüstigsten Manneszeit schnappe ich nach Luft.«[9]

Trotz des schweren Schicksals blieb er Optimist und verlor nicht seinen Humor. »Aber – es geht doch! Alles was geschieht, ist das Beste, denke ich, und so gehe ich lachend der Zukunft entgegen. – Ich bin kein Pietist, kann's auch nicht werden; – trostlos ist der Pantheist. – Ich darf mich nicht beschweren, wenn mir ein Solo anvertraut wird oder eine schwere Cadance. Ach, sehen Sie, so tröste ich mich und versuche täglich aufs Neue, ob ich noch sprechen kann: ›Herr, Dein Wille geschehe!‹«[10]

Nur wenigen Menschen ist Johann Jacob Mussäus im Gedächtnis geblieben. Aber, der Mann hat mehr als ein halbes Jahrhundert vor dem Begründer der Mecklenburger Volkskunde, gut 50 Jahre vor Richard Wossidlo, begonnen, Volkstümliches – von der Sage über die Redensart und das Sprichwort bis hin zum Märchen – zusammenzutragen. Und wie Wossidlo interessierte sich auch Mussäus für Sitten und Gebräuche, Essen und Trinken, Wohnen und Bekleidung, Arbeit und Feiern auf dem Lande. Einen Beitrag in den Mecklenburgischen Jahrbüchern überschrieb er: »Sympathien und andere Torheiten. Ein Beitrag zur Geschichte der Menschheit, besonders des Mecklenburgers in Mecklenburg gesammelt«.[11] Und manches, was er da aus dem Volksglauben wiedergab, klingt wahrlich absurd:

»5. **Beim Blutstillen.**
Man nehme einen Stein von kalter Stelle, streiche damit die Wunde und spreche:
rille, rille, rill'!
Blut, steh' still!
Im Namen Gottes des V. . . † † †. Dann lege man den Stein an denselben schattigen Ort. (m. a.)
Man hat nicht immer nötig, die Wunde zu berühren, sondern dieselbe nur zu sehen und dabei stillschweigend zu sprechen:
Blut, steh' still in dieser Wunde!
spricht Christus in dieser Stunde. † ††. (m.)

7. Gegen Bauchweh.
Fahre mit den Fingern über den Umkreis des Schmerzes auf entblößtem Leibe hin und spreche:
'n Stück von'n Matt,
'n Stück von'n Latt,

'n Stück von'n oll Wiew,
dormit still ick din Bukwehdag in din Liew.
Im Namen . † † †. (m.)

27. Eine Person in sich verliebt zu machen.
Man verschlucke eine kleine Muskatnuss, suche sie nachher im Stuhlgang wieder auf und gebe sie der Person ein, welche man in sich verliebt machen will. (m.).«

Heute erinnert an Johann Jacob Mussäus ein kleiner Obelisk auf dem Hanstorfer Friedhof. Jedoch wird man ihn nur finden, wenn man ihn sucht. Der Stein steht zwar frei und gut zugänglich auf der Westseite im Schatten des Kirchturmes. Aber keinen Meter hinter ihm beginnt ein Maschendrahtzaun. Die Schrift auf dem Stein, den einst die Kinder gesetzt haben, ist kaum noch zu lesen. Moos und Flechten haben ihn grün gefärbt. Das ist keine Würdigung für den Mann, der für Mecklenburg versucht hat, womit die Gebrüder Grimm berühmt wurden: Märchen zu sammeln. Ja noch nicht einmal der Pfarrhof Hanstorf, dessen Wohnhaus für ihn gebaut wurde und der heute ein evangelisches Freizeitheim ist, erinnert im bzw. mit dem eigenen Namen oder mit einer Gedenktafel an den Märchenpastor.

Mussäus Grabstein auf dem Friedhof von Hanstorf

Philipp Otto Runge

Ein Vater der romantischen Malerei

lieferte »Von dem Fischer un syner Frau« und »Van den Machandel-Boom«

Die Romantik hat viele Väter. Einer, der mit diesem Prädikat geschmückt wird, ist Philipp Otto Runge, geboren am 23. Juli 1777 in Wolgast, und damit nur drei Jahre jünger als sein pommerscher Landsmann aus Greifswald, Caspar David Friedrich, dem ebenfalls das Prädikat eines Vaters der Romantik zugesprochen wird. Runge starb jung und im gleichen Jahr wie seine aus dem Mecklenburger Herzoghaus stammende preußische Königin Luise. Was beider Legendenbildung mehr als zugutekam. Während Luise am 19. Juli 1810 mit 34 Jahren auf dem Schloss ihres Vaters in Hohenzieritz das Zeitliche segnete, starb Runge mit 33 Jahren am 2. Dezember 1810 weit entfernt vom Wolgaster Elternhaus in Hamburg.

Runge ist als Maler in der ganzen Welt berühmt. Kaum bekannt ist aber, dass er auch als Autor wirkte. Er hinterließ verschiedene Gedichte, längere Stücke in plattdeutschen Reimversen sowie zwei ebenfalls in Plattdeutsch abgefasste Märchen, die in der Grimmschen Sammlung zu finden sind, aber auch in seinen hinterlassenen Schriften.[1]

Runge soll einmal gesagt haben: »Ich will nicht Bäume und Berge abschreiben, sondern mein Gemüt, meine Stimmung, die mich in dieser Stimmung regiert, diese will ich mir selbst festhalten ...«[2] Seine Stimmung

Selbstbildnis von Philipp Otto Runge, 1804/05

hat er in den beiden hier vorliegenden Märchen transportiert, so gut, dass die Grimms sie ihren Helfern als ideale Beispiele darstellten.

Die Niederschriften beider Märchen waren für die Gebrüder Grimm wegweisend, weil sie wie deren Vermittler Achim von Arnim meinten, dass Märchen nach genau diesem stilistischen Muster aufgeschrieben werden sollten.

So wie Goethe in seinen Werken die Erkenntnisse zitiert, die Runge aus der von ihm entwickelten Farbkugel zog, verwendet das Dichtergenie das Runge-Märchen »Van den Machandel-Boom« am Ende des ersten Teils seiner 1808 veröffentlichten Tragödie »Faust«. Gretchen sitzt im Kerker und singt in abgewandelter Form das Lied aus dem Märchen.

»Meine Mutter die Hur,
Die mich umgebracht hat,
Mein Vater der Schelm,
Der mich gessen hat,
Mein Schwesterlein klein
Hub auf die Bein,
An einem kühlen Ort,
Da ward ich schönes Waldvögelein,
Fliege fort, fliege fort!«[3]

Doch nicht nur Geistesgröße Goethe hat sich intensiv mit Runge beschäftigt. Auch bedeutende Schriftsteller des 20. Jahrhunderts wie Wolfgang Koeppen[4] und Uwe Johnson[5] haben entweder die Geschichte vom Machandelbaum bzw. vom Fischer und seiner Frau nacherzählt oder in Essays darüber geschrieben. Literaturnobelpreisträger Günter Grass hat Runge selbst zu einer Romanfigur in »Der Butt« gemacht.

Wer weiß, was von Runge noch so überkommen wäre und Nutzen gebracht hätte, Neugier auf Mecklenburg-

Runges Geburtshaus in der Wolgaster Kronwieckstraße 45

Vorpommern zu wecken. Hier, genauer gesagt in Wolgast, so Philipp Otto Runges Ururenkel Paul Runge, habe die Romantik als einzigartige deutsche Kulturleistung ihren Ursprung.[6] Und die Wolgaster zelebrieren Runge. In der Stadt lassen sich vielfältige Spuren der Familie entdecken.

Hans Rudolf von Schröter

Ein altertumsforschender Professor

lieferte »Von einem, der auszog, das Fürchten zu lernen«, »Brüderchen und Schwesterchen«, »Das Mädchen ohne Hände«, »Das blaue Licht«, »Die weiße und schwarze Braut« und »Die Schlickerlinge«

Hans (auch Johann) Rudolf von Schröter galt als die Fernuniversität von Jacob und Wilhelm Grimm.[1] Kein gebürtiger Mecklenburger, sondern dänischer Niedersachse – geboren am 16. Februar 1798 in Hannover als Sohn des dänischen Kriegsrates Christian Heinrich von Schröter – wurde Hans Rudolf in späteren Jahren ein Einheimischer. Sein Vater erwarb 1805 das Gut Langensee zwischen Bützow und Güstrow und wurde Mitglied des Mecklenburgischen Patriotischen Vereins und ein bedeutender Landwirt. Als solcher lieferte er verschiedene Aufsätze für die »Annalen der Mecklenburgischen Landwirtschaft«, des Vereinsorgans der 1798 gegründeten Landwirtschaftlichen Gesellschaft, herausgegeben vom gebürtigen Neubrandenburger Professor Lorenz Karsten. Er starb am 14. Oktober 1829.

Hans Rudolf war der älteste Sohn von Christian Heinrich von Schröter, der allerdings auf seinen Adelstitel keinen großen Wert legte und gern auf das Wörtchen »von« verzichtete. Zwei jüngere Brüder, August Wilhelm Ferdinand von Schröter, der 1823 Professor in Jena und 1830 als Staatsrat Justizminister und 1858 Staatsminister in Mecklenburg-Schwerin wurde, sowie Gottlieb Heinrich von Schröter, der als Kunstmaler in die Geschichte einging, wurden 1799 und 1802 geboren.

Hans Rudolf besuchte das Gymnasium in Hildesheim und studierte zwischen 1815 und 1817 in Göttingen und Jena Mathematik, Geschichte und neuere Literatur. 1817 erhielt Hans Rudolf von Schröter ein Ehrendoktordiplom der Mineralogischen Gesellschaft Jena und begann siebzehnjährig eine Lehrtätigkeit am Philanthropinum Vechelde, einer von Johann Peter Hundeiker gegründeten Erziehungsanstalt »für höhere Stände«, einer Art Eliteschule. Hans Rudolf verließ diese Schule in November 1818, ein Jahr bevor ihr Gründer das Schloss in einem Vergleich an das neu errichtete Herzogtum Braunschweig abgeben musste, das nach der Zerschlagung des Königreiches Westfalen Nachfolger des zuvor bestehenden Fürstentums Braunschweig-Wolfenbüttel wurde. 1804 hatte Karl Wilhelm Ferdinand Fürst von Braunschweig-Wolfenbüttel und Herzog von Braunschweig und Lüneburg Hundeiker das Schloss zur schulischen Nutzung überlassen. Ende 1806 kaufte es Hundeiker, um einer Enteignung durch die neue westfälische Regierung zuvorzukommen.

Im Anschluss an die kurzzeitige Lehrertätigkeit bereiste der junge Hans Rudolf bis Dezember 1819 Skandinavien. Er besuchte das schwedische Stockholm und Uppsala sowie das dänische Kopenhagen. Hans Rudolf von Schröter lernte in diesem einen Jahr die finnische und lappische Sprache, sammelte finnische und lappische sowie schwedische Volkslieder und schrieb während dessen noch das Buch »Finnische Runen«, das er gleich nach seiner Rückkehr nach Deutschland drucken ließ und als Erstlingswerk seinem Vater widmete. Aus Skandinavien heimgekehrt, bewarb sich Hans Rudolf von Schröter an der Universität Rostock für Vorlesungen in deutscher Literatur und Grammatik, nordischer Geschichte und in nordischen Sprachen sowie in philosophischer Propädeutik[2]. Aus diesem Anlass verfasste er eine Habilitationsschrift über einen Helden in alten skandinavischen Liedern, in der er ausführte, dass der in jenen Liedern gefeierte Ragnar kein König von Dänemark oder Norwegen war, sondern nur ein Anführer von Seeräubern und um 865 in England ermordet worden sei. Neben der Habilitationsschrift reichte er auch einen Grundriss zu seinen Vorlesungen in deutscher Geschichte ein.

Gerade einmal zweiundzwanzigjährig, habilitierte er am 29. September 1820 als Privatdozent für neuere Literatur und Geschichte an der Universität Rostock. Hier wurde ihm schon im Sommer 1821 die rätliche[3] Professur in der niederen Mathematik[4] und im März 1824 auch das Amt des dritten akademischen Bibliothekars verliehen. Im gleichen Jahr erschien in der Schriftenreihe »Beiträge zur Mecklenburgischen Geschichtskunde« sein Hauptwerk, die »Rostocker plattdeutsche Chronik« von 1310 bis 1314, eine »hochbedeutende sprachliche und historische Leistung«, so Robert Beltz, Mecklenburger Denkmalpfleger und deutscher Prähistoriker (1854–1942).

Bald nach seiner Anstellung übertrug der Großherzog Friedrich Franz I. von Mecklenburg-Schwerin Rudolf von Schröter die Aufsicht über die Ludwigsluster Altertumssammlung. Von Schröter ordnete diese und erwei-

Das Gutshaus Langensee zwischen Bützow und Gülzow, seit 1805 Elternhaus von Märchensammler Rudolf von Schröters

terte sie durch Fundstücke aus eigenen Nachgrabungen. Nachdem der Katalog im August 1822 vollendet und die Anzahl der Antiquitäten auf 63 Gattungen mit 142 Arten und 1751 Stücken festgestellt war, fasste der 24-jährige Professor den Plan zu einer bildlichen Darstellung und Beschreibung der Hauptgegenstände dieser Sammlung nebst einer umfassenden Altertumskunde. Die Unterstützung Friedrich Franz I. ermöglichte Rudolf von Schröter bereits im Juli 1823 die Ankündigung des Werkes mit dem Titel »Friderico-Francisceum oder Großherzogliche Altertümersammlung aus der altgermanischen und slawischen Zeit Mecklenburgs zu Ludwigslust«. 1824 musste Hans Rudolf von Schröter die Großherzogliche Altertumssammlung aus gesundheitlichen Gründen aufgeben. Nachdem bereits drei Hefte seiner Altertümerbeschreibung herausgegeben waren, traf den Autor am 4. Dezember 1825 ein schwerer Nervenschlag, der ihn seine Arbeit nicht fortsetzen ließ. Professor Grauthoff, der 1830 zur Fortsetzung des Werkes gewonnen wurde, starb im Sommer 1832. Erst Mecklenburgs Humboldt, dem Archivar Friedrich Lisch, Nachfolger von Schröters in der Aufsicht über die Altertumssammlung, war 1837 die Vollendung vorbehalten.

Hans Rudolf von Schröter, der ab Juli 1826 keine Vorlesungen mehr hielt, hatte in den Jahren nach 1825 immer häufiger unter plötzlichen Anfällen zu leiden. Sie führten schließlich 1827 zu einer unheilbaren Geisteslähmung, und von Schröter wurde am 24. Juni 1836 pensioniert. Er kam in die Schweriner Nervenheilanstalt auf dem Sachsenberg, wo er am 24. August 1842 im Alter von 44 Jahren starb. 1827 erschien noch die von ihm verfasste Lebens- und Regentengeschichte »Sr. Königl. Hoheit Friedrich Franz, Großherzog von Mecklenburg-Schwerin« in »Beiträge zur Mecklenburgischen Geschichtskunde«.

Hans Rudolf von Schröter besaß in seinen gesunden Tagen einen ungemeinen scharfen und rührigen Geist. Zu den Lesern seines mit 19 Jahren veröffentlichten Buches »Finnische Runen« gehörte unter anderem Jacob Grimm. Die zweite Auflage von 1834 besorgte der jüngere Bruder Gottlieb Heinrich von Schröter (1802 – 1866), eigentlich ein vorzüglicher Maler, der 1864 als Devotionsritter in Münster lebte und dort das Buch »Der souveräne Orden vom heiligen Johann von Jerusalem und seine Wiederbelebung«[5] herausbrachte.

Zum Wesen Hans Rudolf von Schröters gehörte, dass er von der Altertumskunde beseelt war. Und ebenso wenig wie sein Vater bediente er sich seines Adelsprädikates, im Gegensatz zum jüngeren Bruder August Wilhelm, der damit erfolgreich das Karrierepferd ritt.

Hans Rudolf von Schröter hatte Wilhelm Grimm im September 1816 in Göttingen kennen gelernt und war mit ihm ständig im Kontakt geblieben. Ende 1819 aus Skandinavien zurückgekehrt, schickte er am 29. Dezember von Gut Langensee seine Arbeit über das Thema »Finnische Runen« mit der Bitte um Rat an Wilhelm Grimm. Am 18. April bedankte sich der frisch gekürte Privatdozent aus dem Gutshaus Langensee heraus bei den Grimms für die »freundliche belehrende Zuschrift« und diente ihnen mit einigen Bemerkungen zur Konjugation plattdeutscher Verben. Einen Brief vom 18. August 1820 aus Rostock an Wilhelm Grimm begann er mit der Anrede »Verehrter Freund«. Wer weiß, welchen Einfluss Hans Rudolf von Schröter auf die Kinder- und Hausmärchen ohne sein tragisches Schicksal mit Geisteslähmung und frühem Tod genommen hätte.

Georg Andreas Reimer

Der erste Verleger der Kinder- und Hausmärchen

Im Märchen wurde aus der Magd Aschenputtel eine Königin. In den USA lebte der mittellose deutsche Einwanderer Johann Jacob Astor zurzeit der Grimms ein solches Märchen. Astor starb 1848 als 20-facher Millionär. Hätte er das Märchen im Jahr 2011 gelebt, wären das 110 Milliarden US-Dollar.

Ganz so spektakulär war die Geschichte von Georg Andreas Reimer aus dem damaligen Schwedisch-Vorpommern zwar nicht, aber märchenhaft war auch sie.

Reimer wurde 1776 in Greifswald geboren, als Sohn eines Schiffers und Brauereibesitzers, wohnhaft am Markt 25 (heute Am Markt 24). Sein Großvater lebte noch als Kleinhändler in Stralsund.

Als der Junge 10 Jahre alt war, starb der Vater. 1789 wurde er Lehrling in der nur ein paar Minuten vom Elternhaus entfernten Sortimentsbuchhandlung Lange in der Knopfstraße. Sechs Jahre dauerte die Ausbildung, die er in der Filialbuchhandlung des Berliner Verlegers Gottlob August Lange begann und 1796 in dessen Hauptgeschäft in Berlin beendete. 1798 war Reimer leitender Prokurist des Langeschen Hauptgeschäftes und Miteigentümer. Sein Chef war 1796 gestorben. Im Haus der Witwe Lange lernte Reimer 1798 seine künftige Frau kennen, Wilhelmine Reinhard, die sich 14-jährig bei

Georg Andreas Reimer

ihrer Tante Lange auf ihre Konfirmation vorbereitete. Zu Weihnachten 1800 heiratete er die 16-jährige Magdeburger Pfarrerstochter, die ihm 16 Kinder gebären sollte. Ein halbes Jahr zuvor hatte er die Buchhandlung und Verlag der Berliner Realschule in Erbpacht genommen und sich mit dem verschuldeten Unternehmen selbstständig gemacht. Ab 1817 firmierte die Firma als Reimersche Buchhandlung. 1822 kaufte er das Geschäft.

1812 wurde der Mann aus Greifswald Verleger der Brüder Grimm. Zum ersten mittelbaren Kontakt kam es durch Achim von Arnim. Der bat Reimer 1807 einen alten Liedercodex zu den Grimms nach Kassel zu schicken. Das erste Buch, bei dem Wilhelm Grimm an Reimer als Verleger dachte, war seine Arbeit »Altdänische Heldenlieder«. Im Juli 1808 bot er es ihm für die Herausgabe an. Reimer lehnte ab. 1811 erschienen sie endlich in Heidelberg.

Im frühen Winter 1809 erreichte die Grimms ein Brief Arnims, der ihnen mitteilte, er habe für beide den Realschulbuchhändler gefunden, »wenn Göthe eine Vorrede schreibt«. Reimer hatte die Befürchtung, dass sich in der »jetzigen Armut« Poesien sonst nicht bezahlt machen würden. Deutschland war seit drei Jahren napoleonisch besetzt und wurde durch die Franzosen »ausgepresst«. Im Verborgenen brodelte die Auflehnung. In Preußen entlud sich der Kessel mit dem Versuch eines Aufstandes des Majors von Schill. Gegen England gab es die Kontinentalsperre, in Österreich und Spanien herrschte Krieg.

Auch die von Jacob Grimm 1810 angebotenen altspanischen Romanzen, die dann 1815 in Wien erschienen, lehnte Reimer ab. Trotz mehrfacher Ablehnung Grimmscher Bücher waren Reimer und Wilhelm Grimm so etwas wie Freunde geworden. Im Herbst 1809 war Wilhelm Grimm während seines Berlinaufenthaltes häufig Gast im Hause Reimer.

1812 bat Jacob Grimm Achim von Arnim in Berlin mit einem Verleger über die gesammelten Kindermärchen zu reden. Sogar einen Honorarverzicht bot er unter bestimmten Umständen an. Reimer, mit dem Arnim sprach, war bereit »ein gewisses Honorar« zu zahlen, »wenn eine bestimmte Zahl Exemplare abgesetzt sind«. Das war keine Taube auf dem Dach, es war ein Spatz in der Hand. Eine unbestimmte Regelung war im Gegensatz zu den bisherigen Bemühungen der Bibliothekare aus Kassel ein Fortschritt und ein Ansporn. Außer den »üblichen Freiexemplaren«, von denen einige gleich durch Reimer an gute Freunde der Grimms verschickt werden sollten, hatte Wilhelm Grimm keine weiteren Wünsche gegenüber Reimer geäußert.

In einem Brief vom 17. September 1812, den Reimer in Anklam schrieb und von dort abschickte, überließ er den Brüdern die Wahl, über die Honorarzahlung zu entscheiden. Reimer schlug ein nach festen Absatzzahlen geregeltes Honorar vor oder dass die Brüder bezüglich der Honorarhöhe und des Zeitpunktes der Zahlung ihm als Verleger Vertrauen schenken sollten.

Zwischen der Herausgabe des ersten und zweiten Märchenbandes lagen die Befreiungskriege. Achim von Arnim war Hauptmann im Berliner Landsturm, Reimer dort Offizier. Sein Geschäft lag praktisch danieder.

1817, zwei Jahre nach dem Erscheinen des zweiten Märchenbandes, war die Honorarfrage zwischen Reimer und den Grimms immer noch nicht geklärt. Dafür hatte Reimer – und hier geht sein eigenes Märchen weiter – das repräsentativste Palais in der Wilhelmstraße gekauft. 1737 auf königliche Anweisung durch die in Löwiz bei Anklam geborenen gräflichen Brüder von Schwerin erbaut und ab 1919 Sitz des Reichspräsidenten, erwarb Reimer

1816 das hochadlige Anwesen vom Fürsten Hohenlohe, der es verkaufen musste, weil er für seinen hochverschuldeten Vater gebürgt hatte. Reimer machte mit dem Kauf des Hauses Ansprüche deutlich. Der Berliner Adel war befremdet, dass ein Buchhändler das ansehnlichste Haus der ganzen Wilhelmstraße erwerben konnte. Reimer aber zeigte, dass er in der Welt des Großbürgertums angekommen war.

Buchverlage galten im frühen 19. Jahrhundert als kapitalstarke Unternehmen, den Kauf des 43 000 Taler teuren Palais hatte Reimer jedoch vollständig über Kredite finanziert, bis auf 500 Taler »Schlussgeld«.

Reimer genoss Vertrauen, das er sich Stück für Stück erarbeitet hatte. Er konnte ein Netzwerk nutzen, das er während der napoleonischen Besetzung und der Befreiungskriege geknüpft hatte. Er besaß Geschäftssinn und hatte die Ausweitung seines Unternehmenes schon nach seiner Heimkehr aus dem Krieg 1814 geplant. Reimer halfen darüber hinaus die Politisierung der Gesellschaft und ihr Hunger und Durst nach Informationen, nach Poesie, nach neuen Ideen. Dazu kam, dass 1815 ein ungeahnter wirtschaftlicher Aufschwung einsetzte. Die Konjunktur sprang an und Reimer ließ sich gern von ihr mitreißen. Und in Berlin gab es eine junge aufstrebende Universität mit Druckbedarf und ehrgeizigen Professoren.

Im Hinblick auf die Grimms war das Verhältnis zwischen Verleger und Autor ambivalent. Einerseits gab es ein persönliches Verhältnis, das sich unter anderem in gegenseitigen Besuchen und Einladungen ausdrückte, andererseits verschärfte sich in geschäftlichen Beziehun-

Blick auf das Geburtshaus des Verlegers Georg Andreas Reimer in Greifswald, Am Markt 24

gen der Ton. Die Märchen hatten die Brüder Grimm bekannt gemacht. Reimer war mit deren Verkaufszahlen längst im Gewinnbereich. Das machte Wilhelm Grimm selbstbewusster, zumal ein Konkurrent Reimers bezüglich des Verlegens neuer Grimm-Arbeiten bei den Brüdern angeklopft hatte. 1819 drängte Wilhelm Grimm Reimer zu einer schon für 1818 versprochenen zweiten Auflage, forderte mehr Honorar, die Ausstattung einer Teilauflage mit Kupferstichen seines Bruders Emil sowie mehr Freiexemplare sowie eine sofortige Bezahlung nach beendetem Druck.

Reimer machte Wilhelm Grimm, der ab 1819 allein für die Märchenausgaben zuständig war, klar, dass es zwischen ihnen keinen Vertrag gebe und es für die Neuauflage dem Gesetz nach deshalb nur die Hälfte des anfänglich bestimmten Honorars geben würde. Er bot aber statt 150 doch 250 Taler und eine Ausstattung mit Kupferstichen an, und Grimm stimmte zu. Das Geld hatte Reimer sofort bezahlt. Ein Rittmeister, nur um einmal einen Vergleich zu ermöglichen, bezog zu dieser Zeit einen durchschnittlichen Jahressold von 450 Talern, ein Wachtmeister 72.

1825 kam es zu einer kleinen Märchenbuchausgabe. Sie wurde zu einem Verkaufserfolg und machte die Märchen im bürgerlichen Umfeld äußerst populär. Bis 1841 folgten vier weitere Auflagen der kleinen Ausgabe. Die ursprünglich wissenschaftliche Sammlung, das war die Märchenausgabe 1812/1815, war zu einem Bestseller geworden und hatte die bürgerlichen Massen ergriffen. Das Taschenbuch fand aufgrund der Konzentration auf die 50 reizvollsten Märchen, seine handliche Größe und den volksnahen Preis den Weg in die Kinderzimmer und wurde zu einem echten Kinderbuch.

Die fast 30-jährige freundliche persönliche Beziehung zwischen Reimer und den Brüdern Grimm endete 1834 in einen erbitterten Honorarstreit. Dieser ewige Konflikt wurde zwischen Reimer und den Grimms nie gelöst. 1841 brach über eine erneute Auseinandersetzung um das Honorar für die 5. Auflage der kleinen Ausgabe die geschäftliche Verbindung ab. Wilhelm Grimm forderte für die 3000er Auflage 800 Taler, minderte auf Reimers Entgegnungen die Forderung zwar auf 600 Taler, erhielt jedoch lediglich 500 Taler. Am 9. Dezember 1841 bestätigte

1816 kaufte Georg Andreas Reimer das repräsentative spätere Reichspräsidentenpalais in der Wilhelmstraße von Berlin.

Wilhelm Grimm den Empfang des Geldes und schrieb in dem Brief »... ebenso akzeptiere ich vollkommen ihren Entschluss weiter in keine Geschäftsverbindung mit mir zu treten und fernerhin keinen Kontrakt mit mir abzuschließen«. Reimer starb viereinhalb Monate später. Die Seite des Grimm-Kontos im Hauptbuch des Georg-Reimer-Verlages blieb unausgeglichen.

Ein Grund für die harte Haltung Reimers in der finanziellen Auseinandersetzung mit Wilhelm Grimm dürfte in der Person des Grimm-Bruders Ferdinand zu finden sein. 1814 bat Wilhelm Grimm Reimer, sich nach einer Stelle für seinen Bruder als Korrektor bzw. Schreiber umzusehen. Reimer stellte das Sorgenkind der Familie nach gutem Zureden Achim von Arnims in seinem Unternehmen in dieser Position an, musste aber schnell feststellen, dass der junge Mann den Anforderungen der Arbeit überhaupt nicht gewachsen war. Eine »schleichende Krankheit« – Achim von Arnim schrieb an Clemens Brentano, dass der Ferdinand »wahnsinnig« sei – machte das unmöglich. Ferdinand Grimm besaß kein Verantwortungsgefühl. Es zog ihn nicht zur Arbeit nach Berlin; erst wollte er noch in München den Karneval genießen und dann den Dichter Jean Paul treffen, den er verehrte. Darüber hinaus war Ferdinand antriebslos, schwermütig und aufbrausend. Spätestens 1823 begann Reimer in seiner Korrespondenz mit den Grimms darauf hinzuweisen, dass die Sorge für Ferdinand bei dessen eigener Familie läge. Die Brüder ignorierten Reimer diesbezüglich. Erst als Reimer 1833 ein Ultimatum setzte und erklärte, den Zustand nur noch bis Ostern 1834 akzeptieren zu wollen, wurde Wilhelm Grimm tätig. Neujahr 1834 verließ Ferdinand Grimm Reimers Haus, in dem er 19 Jahre eine Anstellung ohne einen entsprechenden Gegenwert genoss. Trotz seiner nervlichen Zerrüttung unterstützte Ferdinand seine Brüder. Zum einen war er ihr Agent, der ihnen mit seinen Informationen einen Einblick in das Haus des Verlegers und sein Geschäft ermöglichte, zum anderen unterstützte er sie bei ihrer Sagensammlung.

Nach Reimers Tod führten erst sein Sohn und dann sein Enkel den Verlag weiter. 1897 kaufte ihn Walter de Gruyter. Durch den Kauf weiterer Unternehmen entstand 1923 der noch heute existierende Verlag Walter de Gruyter & Co. Die dritte bis siebente Auflage der Großen Ausgabe der Kinder- und Hausmärchen erschien zwischen 1837 und 1857 im Verlag der Dieterichschen Buchhandlung Göttingen. Die siebente Auflage war die letzte aus Wilhelm Grimms Hand.

Georg Andreas Reimer aus Greifswald kommt der Verdienst zu, die Grimmschen Märchen als erster publiziert zu haben. Darüber hinaus hat Reimer die beiden plattdeutschen Märchen Philipp Otto Runges »korrigiert«, zuerst das Märchen vom Fischer und seiner Frau, »da die Erzählung aus meinem Geburtslande stammt, und ich also einige Einsicht darin zu haben glaube; auch habe ich mit aller Sorgfalt jeden zweifelhaften Ausdruck genau mit Dähnerts plattdeutschem Wörterbuche verglichen, und überdies mich noch eines verständigen Freundes Rat und Hilfe bedient«[1]. Eine Erlaubnis zu den Änderungen holte sich Reimer mit dieser Begründung erst am 30. Oktober 1812 ein. In gleicher Weise verfuhr er Anfang Dezember mit dem Machandelboom, wobei er an Wilhelm Grimm schrieb, dass diese Geschichte »den Regeln des Plattdeutschen zusagender war«. Die beiden im pommerschen Platt gehaltenen Märchen Runges sind also keine Grimmsche Fassung, sondern eine Reimersche. Und der hielt seine Änderungen »wirklich für eine Verbesserung«[2].

Anhang

Anmerkungen zum Vorwort

1 Grimm, Jacob und Wilhelm: Kinder- und Hausmärchen. Große Ausgabe. Bd. 3. Göttingen 1856, Anmerkungen zum Märchen Nr. 19
2 Von Eichendorff, Joseph: »Brentano und seine Märchen«, 1847. In: Eichendorff, Werke und Schriften, hrsg. von Gerhard Baumann in Verbindung mit Siegfried Grosse. BD. IV. Stuttgart 1958, S. 636
3 Von den Ma[c]handel-Bohm. In: Achim von Arnim (Hrsg.): Zeitung für Einsiedler. Heidelberg Juli 1808, S. 229–237
4 Vedetten, von der Kavallerie gestellte Doppelposten der Feldwachen in einer vorgeschobenen Alarmstellung
5 Borchardt, Jürgen: Das blaue Licht, Schwerin 1994, S. 83
6 Borchardt, Jürgen: Das blaue Licht, Schwerin 1994, S. 88
7 Von Höegh, C. F.: Vertraute Mittheilungen über die Märsche und Gefechte des Dänischen Armee-Contingents im Jahre 1813, Obristlieutenant im Königin-Leib-Regiment. Hamburg, Langhoffsche Buchdruckerei, 1837
8 Von Schröter, Hans-Rudolf: Vier Briefe an die Brüder Grimm. In: Stiftung preußischer Kulturbesitz. Staatsbibliothek. Grimmschrank Nr. 1261
9 Bechstein, Ludwig: Neues deutsches Märchenbuch, Leipzig u. Pest(h) 1856
10 Stuhr, Friedrich: Hundert Jahre des Mecklenburgischen Geschichts- und Altertumsvereins : ein Rückblick auf der Festsitzung am 22. Juni 1935. In: Mecklenburgische Jahrbücher. Bd. 99 (1935), S. 249

Anmerkungen zu den Märchen

Seit 1812 – KHM 4 (KHM = Kinder- und Hausmärchen)

Von einem, der auszog, das Fürchten zu lernen

Der Geschichte liegt eine mecklenburgische Erzählung zu Grunde. (Quelle: Grimm, Jacob und Wilhelm: Kinder und Hausmärchen. Große Ausgabe, Bd. 3, Göttingen 1856, Anmerkungen zu Märchen Nr. 4)

1 Öffnung in der Kirchturmwand in Höhe des Glockenstuhles, um den Klang der Glocken besser nach außen dringen zu lassen; meist mit einem Holzrost verkleidet
2 fünfzig
3 sieben
4 Seilers Tochter ist ein Strick, Hochzeit mit des Seilers Tochter ist ein Euphemismus für das Hängen.
5 verstecken
6 eigentlich eine hölzerne, bettähnliche Liegestatt für Verstorbene, hier aber Synonym für einen Sarg
7 Verniedlichungsform einer alten Bezeichnung für Cousin
8 gesellig lebender Karpfenfisch
9 Grimm, Jacob und Wilhelm: Kinder- und Hausmärchen. Große Ausgabe, 2. Auflage, Bd. 1, Berlin 1819, Realschulbuchhandlung. Hier wurde das Märchen in dieser Fassung erstmals veröffentlicht.

Seit 1812 – KHM 11

Brüderchen und Schwesterchen

»Brüderchen und Schwesterchen« haben die Grimms in dieser Fassung nach zwei Erzählungen aus den Main-Gegenden geschrieben, die sich gegenseitig vervollständigten. Beide sollen von Marie Müller, geborene Clar, stammen. Marie Müller war 1747 in Rauschenburg bei Kirchhain in Hessen als Tochter eines Schmiedes geboren worden. Sie heiratete selbst einen Schmied, der später als Soldat im Nordamerikanischen Unabhängigkeitskrieg fiel. Nach dessen Tod trat sie als »Schaffnerin« in die Dienste der Apotheker-Familie Wild in Kassel. Schaffnerin war der Begriff für die Gehilfin einer Hausfrau mit Schlüsselgewalt über Küche und Keller.

1825 hat Wilhelm Grimm Henriette Dorothea Wild, eine der beiden Töchter des Apothekers Wild und Nachbarin der Brüder Grimm, geheiratet.

Vom Märchen des Brüderchens und Schwesterchens gibt es aber auch eine mecklenburgische Überlieferung, die Hans-Rudolf von Schröter ihnen mitgeteilt hat.

In der Mecklenburger Variante ist das Brüderchen von der bösen Stiefmutter in ein Rehkitz verwandelt worden und wird von Hunden gehetzt. Es steht am Fluss und ruft zu den Fenstern des Schwesterchens:

»Ach, Schwesterchen, errette mich,
des Herren Hunde jagen mich,
sie jagen mich so schnell,
sie wollen mir aufs Fell,
sie wollen mich den Pfeilen geben,
und mir also das Leben nehmen.«

Aber das Schwesterchen war schon von der Stiefmutter aus dem Fenster geworfen und in eine Ente verwandelt worden. Vom Wasser klang es zu ihm:

»Ach, Brüderchen, gedulde,
ich lieg im tiefsten Grunde!
die Erde ist mein Unterbett,
das Wasser ist mein Oberbett.
Ach, Brüderchen, gedulde,
ich lieg im tiefsten Grunde.«

Als Schwesterchen danach in die Küche zum Koch kommt und sich ihm hat zu erkennen gegeben, da fragt es:

»Was machen meine Mädchen, spinnen sie noch?
Was macht mein Glöckchen, klingt es noch?
Was macht mein kleiner Sohn, lacht er noch?«

Der Koch antwortet:

»Deine Mädchen spinnen nicht mehr,
dein Glöckchen klingt nicht mehr,
dein kleiner Sohn weint allzu sehr.«

(Quelle: Grimm, Jacob und Wilhelm: Kinder und Hausmärchen. Große Ausgabe, Bd. 3, Göttingen 1856, Anmerkungen zu Märchen Nr. 11)
Diese wenigen Zeilen sind die einzigen im Original überlieferten Fragmente der Schröterschen Fassung. Die komplette Geschichte ist bis jetzt noch nicht wieder gefunden worden.

1 eigene
2 Grimm, Jacob und Wilhelm: Kinder- und Hausmärchen. Große Ausgabe, Bd. 1, 1. Auflage Berlin 1812, Realschulbuchhandlung. In dieser Ausgabe wurde die hier wiedergegebene Urfassung erstmals veröffentlicht.

Seit 1812 – KHM 19

Von den Fischer und siine Fru

»Dieses Märchen hat Runge zu Hamburg in der pommerschen Mundart trefflich aufgeschrieben, und wir erhielten es schon im Jahr 1809 von (Achim von) Arnim freundschaftlich mitgeteilt. Es ist hernach auch in Runges Werken abgedruckt worden.« (Quelle: Grimm, Jacob und Wilhelm: Kinder und Hausmärchen. Große Ausgabe, Bd. 3, Göttingen 1856, Anmerkungen zu Märchen Nr. 19)

1 Grimm, Jacob und Wilhelm: Kinder- und Hausmärchen. Große Ausgabe, 1. Auage, Bd.1, Berlin 1812, Realschulbuchhandlung

Seit 1812 – KHM 21

Aschenputtel

Aus dem Mecklenburgischen kennen die Grimms einen anderen Schluss. Aschenputtel ist Königin geworden und hat ihre Stiefmutter, die eine Hexe ist, und ihre böse Stiefschwester zu sich genommen. Als Aschenputtel einem Sohn das Leben schenkt, legen Schwiegermutter und Stiefschwester – hier ist nur von einer die Rede – einen Hund hin und geben das Kind einem Gärtner, der soll es töten. Genauso gehen sie ein zweites Mal vor. Der König schweigt beide Male und fragt nichts. Beim dritten Mal übergeben sie die Königin zusammen mit dem Kind dem Gärtner, er solle sie töten. Der bringt beide aber in eine Waldhöhle. Da die Königin vor Gram aber keine Milch hat, legt sie das Kind einer Hirschkuh an, die in der Höhle ist. Das Kind wächst, wird aber wild, bekommt lange Haare und sucht im Wald Kräuter für seine Mutter. Einmal kommt es zu dem Schloss und erzählt dem König von seiner schönen Mutter. Der fragt: »Wo ist denn deine schöne Mutter?« »Im Wald in einer Höhle«. »Da will ich hingehen«. »Ja, aber bring einen Mantel mit, dass sie sich anziehen kann«. Er geht hinaus, erkennt sie, ob sie gleich ganz mager ist, und nimmt sie mit. Unterwegs begegnen ihm zwei Knaben mit goldenen Haaren. »Wem gehört ihr«, fragt er. »Dem Gärtner«. Der Gärtner kommt und erzählt, dass es die Kinder des Königs sind, die er nicht getötet, sondern bei sich aufgezogen hatte. Die Wahrheit kommt an den Tag und die Hexe mit ihrer Tochter wird bestraft. (Quelle: Grimm, Jacob und Wilhelm: Kinder und Hausmärchen. Große Ausgabe, Bd. 3, Göttingen 1856, Anmerkungen zu Märchen Nr. 21)

Es gab mindestens vier Varianten, aus denen die Brüder Grimm das Aschenputtel-Märchen geschrieben haben, darunter eine Mecklenburgische mit vorgenannten Schluss. In einzelnen Auflagen unterscheidet sich das Märchen. 1819 gibt es zum Beispiel zwei Stiefschwestern, von denen sich die jüngere noch ein wenig Mitleid bewahrt hat. Bei der Hochzeit picken jedoch die beiden Tauben den beiden Stiefschwestern erst ein Auge und danach das andere Auge heraus und bestrafen so beide für Bosheit und Falschheit mit Blindheit für den Rest des Lebens.

1 aufgeblasen, eingebildet, anmaßend, hochmütig, überheblich
2 Worte des Tadels
3 fingen
4 golddurchwirkte
5 aufrichtete
6 Grimm, Jacob und Wilhelm: Kinder- und Hausmärchen. Große Ausgabe, 1. Auflage, Bd. 1, Berlin 1812, Realschulbuchhandlung. In dieser Ausgabe wurde die hier wiedergegebene Urfassung von Aschenputtel erstmals veröffentlich.

Seit 1812 – KHM 31

Mädchen ohne Hände

Dem Märchen vom Mädchen ohne Hände liegen verschiedene Geschichten zu Grunde. Die Brüder Grimm geben auch eine aus Mecklenburg an. Diese »vierte Erzählung aus dem Mekelenburgischen« erzählt aber eine andere Fassung:

Ein Mann hat eine Tochter noch im Kindesalter, sieben Jahre alt, die betet immer Tag und Nacht. Da wird er böse und verbietet es ihr. Sie betet aber immer weiter. Da schneidet er ihr die Zunge raus, aber sie betet in Gedanken und schlägt das Kreuz dazu. Da wird der Mann noch zorniger und haut ihr die rechte Hand ab. Nun schlägt sie mit der linken das Kreuz. Da haut er ihr den Arm bis an den Ellenbogen ab.

Nun spricht ein Mann zu ihr: »Geh fort, sonst haut dir dein Vater auch noch den linken Arm ab.« Sie ging fort und immer fort, bis sie abends an ein großes Haus kam, vor dem ein Jäger stand. Sie gab ihm zu verstehen, dass sie Hunger hätte und er sie aufnehmen möchte.

Der Jäger hätte es gerne getan, er wusste aber nicht wo er sie hinbringen sollte. Dann aber brachte er sie in den Hundestall, wo die zwei Lieblingshunde des reichen Grafen lagen, bei dem er diente. In dem Ställchen blieb sie zwei Jahre lang und aß und trank mit den Hunden. Nun merkte der Graf, dass seine Hunde so mager wurden und fragte den Jäger um die Ursache: da gestand er, dass er ein Mädchen aufgenommen habe, das mit den Hunden das Essen und Trinken teile. Der Graf forderte ihn auf, er solle ihm das Mädchen bringen, aber das Mädchen wollte nicht. Da ging der Graf selbst in den Stall und sah das Mädchen und sprach: »Komm zu mir ins Schloss, ich will dich erziehen«. Das Mädchen war neun Jahre alt.

Einmal stand ein armer alter Mann vor dem Eingang des Schlosses und bat um eine milde Gabe. Das Mädchen schenkte ihm etwas, da sprach er: »Du sollst deine Zunge und deinen Arm wieder haben.« Er gab ihr einen Stab und sagte: »Nimm diesen Stab und geh gerade fort, er wird dich vor Bösem schützen und dir den Weg zeigen.« Das Mädchen nahm den Stab und ging fort ein paar Jahre lang. Es gelangte zu einem Wasser und trank daraus, da kam seine Zunge geschwommen und wuchs fest in dem Munde: es hielt den abgehauenen Stumpf ins Wasser, da kam der Arm und wuchs fest und danach auch die Hand. Nun nahm es den Stab und ging wieder zurück zum Grafen, aber es war im Laufe der Jahre so schön geworden, dass er es nicht mehr erkannte. Da gab sie sich zu erkennen, und sie wurden Eheleute. (Quelle: Grimm, Jacob und Wilhelm: Kinder und Hausmärchen. Große Ausgabe, Bd. 3, Göttingen 1856, Anmerkungen zu Märchen 31)

1 Kind eines anderen Mannes

2 Grimm Jacob und Wilhelm: Kinder- und Hausmärchen. Große Ausgabe, 1. Auflage, Bd.1, Berlin 1812, Realschulbuchhandlung

Seit 1812 – KHM 47

❧ Van den Machandel-Boom

Von Runge nach der Volkserzählung aufgeschrieben. (Quelle: Grimm, Jacob und Wilhelm: Kinder und Hausmärchen. Große Ausgabe, Bd. 3, Göttingen 1856, Anmerkungen zu Märchen Nr. 47)

Das Märchen hat Wilhelm Grimm 1810 von Achim von Arnim »in Runges eigener Handschrift« erhalten und daraus abgeschrieben. (Quelle: Reimer, Doris: Passion und Kalkül, Berlin New York 1999, S. 368)

Verleger Georg Andreas Reimer hat jedoch Korrekturen an der Abschrift Wilhelm Grimms vorgenommen. Dazu fühlte er sich als Greifswalder, der wie Runge das vorpommersche Platt sprach, berufen.

1 Grimm Jacob und Wilhelm: Kinder- und Hausmärchen. Große Ausgabe, 1. Auflage, Bd.1, Berlin 1812, Realschulbuchhandlung

❧ Vom Wacholderbaum *(hochdeutsche Version)*

1 Im plattdeutschen Original findet sich der Name Marleenken. Die Brüder Grimm geben in den Anmerkungen zu den einzelnen Märchen jedoch an, dass Marleenken für Mariannchen, Marie Annchen steht. So wurde in der Übersetzung aus Marleenken Mariannchen.

2 Es handelt sich um ein traditionelles Gericht in der norddeutschen Küche. Es wurde früher am Tag der Schlachtung zubereitet, um die nicht für die Wurst- oder Frischfleischherstellung benötigten Reste und auch das frische Schweineblut zu verwerten. Durch die Zugabe von Essig färbte sich das Blut schwarz und gerann.

3 Gehilfe eines Müllers, eine Bezeichnung, die sowohl für die Gesellen als auch die Lehrlinge galt.

4 veraltete Längeneinheit

Seit 1819 – KHM 66

Häsichen-Braut

Bukow im Mecklenburgischen gaben die Brüder Grimm als Quelle für das zum größten Teil in niederdeutsch geschriebene Märchen an. (Quelle: Grimm, Jacob und Wilhelm: Kinder und Hausmärchen. Große Ausgabe, Bd. 3, Göttingen 1856, Anmerkungen zu Märchen 66)

Sie erhielten das Märchen von Georg Friedrich Fallenstein, der es ihnen in einem Brief vom 15. Dezember 1815 mitteilte. Er hätte es von einer Bäuerin »bei Buckow im Wendenlande« gehört. Wilhelm Grimm verglich das Märchen mit dem wendischen Spottlied »Die lustige Hochzeit« in Johann Gottfried Herders »Stimmen der Völker in Liedern«. Dabei missdeutete er Fallensteins Ortsangabe als Buckow im Mecklenburgischen.

Der Wuppertaler Literaturwissenschaftler und Volkskundler Prof. Dr. Heinz Rölleke, ein ausgewiesener Märchenspezialist, meint es sei »wohl aus See-Buckow in Pommern«. Seebuckow oder Buckow heißt heute Bokowo Morskie und ist ein Dorf in Hinterpommern. Es gehört heute zur Landgemeinde Darlowo (Rügenwalde) in der Woiwodschaft Westpommern in Polen.

Einleuchtend ist die Annahme von Dr. Susanne Hose aus dem Sorbischen Institut Bautzen, dass es sich um ein Dialektmärchen aus dem Brandenburgischen handelt und aus dem Buckow bei Beeskow stammt. Der Übermittler des Märchens, Georg Friedrich Fallenstein, fand im Mai 1815 eine Anstellung als Kalkulator bei der Regierung in Potsdam. Bis in das Verwaltungszentrum Beeskow sind es knapp 80 Kilometer, von Beeskow bis Buckow etwa sechseinhalb. Beide Orte liegen in der von Sorben besiedelten Niederlausitz. Und da sich die Sorben selbst als Wenden bezeichnen, können Buckow wie Beeskow dem Wendenland zugeordnet werden. (Quelle: Uther, Hans-Jörg: Handbuch zu den »Kinder- und Hausmärchen« der Brüder Grimm. Entstehung – Wirkung – Interpretation, Berlin, New York 2010, S. 161)

1 Grimm, Jacob und Wilhelm: Kinder- und Hausmärchen, Große Ausgabe, 2. Auflage, Bd. 1, Berlin 1819, Realschulbuchhandlung. In dieser Ausgabe wurde die hier wiedergegebene Urfassung erstmals veröffentlicht.

Seit 1815 – KHM 107 a

Die Krähen

Nach den Brüdern Grimm folgen »Die Krähen« einer Überlieferung aus dem Mecklenburgischen. (Quelle: Grimm, Jacob und Wilhelm: Kinder und Hausmärchen. Große Ausgabe, Bd. 3, Göttingen 1856, Anmerkungen zu Märchen Nr. 107)

Die Geschichte wurde von 1815 bis 1840 in den ersten vier Auflagen der großen Ausgabe der Kinder- und Hausmärchen veröffentlicht. Ab der fünften Auflage 1843 wurde sie durch eine längere und vielseitigere holsteinische ersetzt, die die Grimms für »besser und vollständiger« hielten. Die neue Geschichte trägt den Titel »Die beiden Wanderer«.

Das Krähen-Märchen wurde den Grimms am 20. Dezember 1813 von August von Haxthausen als Erzählung eines mecklenburgischen Husaren mitgeteilt, der mit ihm während des Befreiungskrieges auf Vorposten Wache stand.

1 Grimm, Jacob und Wilhelm: Kinder- und Hausmärchen. Große Ausgabe, 1. Auflage, Bd. 2, Berlin 1815, Realschulbuchhandlung. Hier wurde die hier wiedergegebene Urfassung erstmals veröffentlicht. Im Band 2 trug das Märchen die Nr. 21. Aufgrund der Ersetzung des Krähen-Märchens durch die Wanderer-Geschichte trägt die Mecklenburger Fassung heute die KHM-Nr. 107 a.

Seit 1815 – KHM 116

Das blaue Licht

Das Märchen ist aus Mecklenburg. Wilhelm Grimm deutet das blaue Licht als Irrwisch, das heißt als eine seltene Leuchterscheinung, die insbesondere in Sümpfen und Mooren beobachtet werden kann. Im Dänischen, so Grimm weiter, würden solche Erscheinungen Vättelys (Geisterlicht) und Lygtemand (Leuchtemann) heißen. »Schärtlin's Ausrufung war«, so Grimm weiter, »›blau Feuer!‹, welche Worte sich auch mehrmals bei Hans Sachs finden.« (Quelle: Grimm, Jacob und Wilhelm: Kinder und Hausmärchen. Große Ausgabe, Bd. 3, Göttingen 1856, Anmerkungen zu Märchen Nr. 116)

Der dänische Bezug deutet auf Hans Rudolf von Schröter als Lieferant dieses Märchens. Zum einen war Schröters Vater dänischer Kriegsrat. Zum anderen bereiste Schröter 1819 Skandinavien und beschäftigte sich auf dieser Tour umfassend mit der nordischen Geschichte und den nordischen Sprachen.

Die DEFA hatte 1975 in Neubrandenburg sowie im benachbarten Burg Stargard »Das blaue Licht« gedreht. Es handelte sich um den zehnten Märchenfilm des DDR-Filmstudios. Neben der historischen Stadtmauer der Vier-Tore-Stadt waren ärmliche Fachwerkhäuschen, eine bescheidene Herberge und ein Brunnen vor dem Haus aufgebaut worden. Am Tag lieferten sich der Filmheld und die königlichen Wachen ein Katz-und-Maus-Spiel mit Fechteinlagen an, auf, vor und hinter der Stadtmauer.

Das Drehbuch für »Das blaue Licht« basierte auf der Erzählung der Brüder Grimm.

Erzählt wurde 1975 in Neubrandenburg, dass der Held (aus) der Sowjetunion, Viktor Semjonow, der den Soldaten Hans verkörperte, nicht reiten konnte und dies nach einigen unsanften Abgängen vom Pferd erst in der Vier-Tore-Stadt lernen musste.

Das in Mecklenburg verfilmte Märchen wurde am 17. Dezember 1977 erstmals im Fernsehen (DFF 1) ausgestrahlt und 1997 auf Video veröffentlicht. Heute gibt es den Film auf DVD bei verschiedenen Anbietern und ab und an wird er auch noch von dem einen oder anderen Fernsehsender gezeigt, vorrangig in der Vorweihnachtszeit.

1 altes Raummaß, bei Holz 1,39 Kubikmeter

2 in ganz Europa verbreitete Goldmünze

3 Grimm, Jacob und Wilhelm: Kinder- und Hausmärchen. Große Ausgabe, 1. Auflage, Bd. 2, Berlin 1815, Realschulbuchhandlung. Hier wurde das Märchen in dieser Fassung erstmals veröffentlicht.

Seit 1815 – KHM 135

Die weiße und schwarze Braut

Das Märchen hat Quellen im Mecklenburgischen und Paderbornschen. Nach der Mecklenburger Erzählung wird der Bruder nicht bloß unter die Schlangen gesetzt, sondern wirklich umgebracht und unter den Pferden im Stall vergraben. Die Ente kommt abends an ein Gatterloch geschwommen und singt:

»Macht auf die Tür, dass ich mich wärme.
Mein Bruder liegt unter den Pferden gegraben.
Haut den Kopf der Ente ab!«

In dieser Fassung wird verständlicher, warum der König der Ente den Kopf abschlägt – die Lösung des Zaubers ist daran gebunden. Am Ende wird der Bruder im Stall ausgegraben und würdevoll bestattet.

Die Grimms gehen von einem hohen Alter der Geschichte aus. Sie machen das am Namen Reginer fest und führen an, dass in späteren Zeiten aus Marschällen, Stallmeistern und Wagenführern an Fürstenhöfen in der Volksansicht Kutscher geworden sind.

Die Geschichte vom Bruder, der bei den Pferden begraben wird, erinnert sie an das Pferd Falada im Märchen »Die Gänsemagd«. Für dieses Märchen gibt Jacob Grimm aber explizit eine hessische Quelle an, nämlich Dorothea Viehmann, hugenottische Gastwirtstochter aus Niederzwehren bei Kassel. (Quelle: Grimm, Jacob und Wilhelm: Kinder und Hausmärchen. Große Ausgabe, Bd. 3, Göttingen 1856, Anmerkungen zu Märchen Nr. 135)

Literaturprofessor Dr. Heinz Rölleke vermutet hinter der mecklenburgischen Fassung Hans-Rudolf von Schröter und hinter der paderborner Version August von Haxthausen als Quellen.

1 goldenes

2 Rinnstein, offener rinnenförmiger und breiterer Ausguss

3 Grimm, Jacob und Wilhelm: Kinder- und Hausmärchen. Große Ausgabe, 1. Auflage, Bd. 2, Berlin 1815, Realschulbuchhandlung. Dort wurde die hier wiedergegebene Urfassung des Märchens erstmals veröffentlicht. Band 1 und Band 2 folgten jedoch eigenen Zählweisen, so dass das Märchen in der Ausgabe von 1815 die Nr. 49 trug.

Seit 1819 – KHM 156

Die Schlickerlinge

»Aus dem Meklenburgischen. Gehört zu den Märchen, die auf einfache Art eine alte Lehre geben, wie jenes von der Brautschau (Nr. 155). Das Spinnen ist die eigentliche Arbeit der Hausfrau nach alten Sitten, ihr Leben und Werk.« (Quelle: Grimm, Jacob und Wilhelm: Kinder und Hausmärchen. Große Ausgabe, Bd. 3, Göttingen 1856, Anmerkungen zu Märchen Nr. 156)

Literaturprofessor Dr. Heinz Rölleke vermutet als Quelle Hans-Rudolf von Schröter.

1 kleine Flachsreste, die beim Spinnen anfallen

2 Grimm, Jacob und Wilhelm: Kinder- und Hausmärchen, Große Ausgabe, 2. Auflage, Bd.2 Berlin 1819, Realschulbuchhandlung. Dort erschien die hier wiedergegebene Urfassung zum ersten Mal.

Seit 1840 – KHM 171

Der Zaunkönig

Das Märchen vom Zaunkönig ist weit verbreitet. Die Grimmsche Fassung bezieht sich auf zwei Quellen. Die erste ist ein mecklenburgisches Volksmärchen, dass der Pastor Johann Jacob Nathanael Mussäus aufgezeichnet hat und das 1840 in den Jahrbüchern des Vereins für mecklenburgische Geschichte und Altertumskunde veröffentlicht wurde. (Quelle: Mussäus, Johann Jacob Nathanael: Mecklenburgische Volksmärchen, in: Jahrbücher des Vereins für mecklenburgische Geschichte und Altertumskunde, Jg. 5, Schwerin 1840, S. 74–77)

Bei Mussäus trägt das Märchen den Titel »Die Königswahl unter den Vögeln«. Der Pastor aus Hanstorf bei Bad Doberan hat das Märchen als Kind gehört und später aus der Erinnerung aufgeschrieben. Durch den großen Zeitabstand ist viel Volkstümliches in der Sprache verloren gegangen. Aus dem Mussäus-Original sind Sprache und Gedanken eines studierten Mannes zu erkennen. Nach Johann Mussäus Originalfassung hätten die Vögel lange in einem »Freistaat« gelebt, was wenige Jahre vor der bürgerlichen Revolution von 1848 recht demokratisch klingt.

Die zweite Fassung stammt nach ihren Angaben vom Germanisten Karl Friedrich Ludwig Goedeke. Der hat sie in Lachendorf am Südrand der Lüneburger Heide aufgezeichnet. (Quelle: Grimm, Jacob und Wilhelm: Kinder und Hausmärchen. Große Ausgabe, Bd. 3, Göttingen 1856, Anmerkungen zu Märchen Nr. 171)

Das Märchen vom Zaunkönig gehört seit 1840 zur Sammlung der Kinder- und Hausmärchen. Georg Christian Friedrich Lisch, Archivar, Bibliothekar und Konservator, Redakteur und Publizist aus Mecklenburg-Schwerin, hat es den Grimms zusammen mit weiteren Märchen von Mussäus zugeschickt. Der Pastor war am 29. März 1839 verstorben.

1 Flügelschlagen
2 Pracher ist eine veraltete Bezeichnung für einen Bettler. Pracherwerk wäre also das Bettlerwerk.
3 Grimm, Jacob und Wilhelm: Kinder- und Hausmärchen. Große Ausgabe, 4. Auflage, Bd. 2, Berlin 1840, Dieterichische Buchhandlung. Die hier wiedergegebene Urfassung der Grimms fand erstmals 1840 Eingang in die Märchensammlung.

Seit 1840 – KHM 172

Die Scholle

Wie »Der Zaunkönig« ist auch »Die Scholle« ein mecklenburgisches Märchen, überliefert von Johann Jacob Nathanael Mussäus. (Quelle: Grimm, Jacob und Wilhelm: Kinder und Hausmärchen. Große Ausgabe, Bd. 3, Göttingen 1856, Anmerkungen zu Märchen Nr. 172)
Bei Mussäus heißt das Märchen »Die Königswahl unter den Fischen«. (Quelle: Mussäus, Johann Jacob Nathanael: Mecklenburgische Volksmärchen, in: Jahrbücher des Vereins für mecklenburgische Geschichte und Altertumskunde, Jg. 5, Schwerin 1840, S. 77)

1 Grimm, Jacob und Wilhelm: Kinder- und Hausmärchen. Große Ausgabe, 4. Auflage, Bd. 2, Berlin 1840, Dieterichische Buchhandlung. Die hier wiedergegebene Urfassung der Grimms fand erstmals 1840 Eingang in die Märchensammlung.

Seit 1840 – KHM 173

❧ Rohrdommel und Wiedehopf

»Rohrdommel und Wiederhopf« ist das dritte Märchen aus der Feder von Johann Jacob Nathanael Mussäus und ebenfalls seit 1840 in der Sammlung der Grimms veröffentlicht. (Quelle: Grimm, Jacob und Wilhelm: Kinder und Hausmärchen. Große Ausgabe, Bd. 3, Göttingen 1856, Anmerkungen zu Märchen Nr. 173)
Dieses Märchen des Mecklenburgers, das bei ihm »Die Kuhhirten« heißt, wurde relativ wenig bearbeitet. Nur die vordergründige Moral von der Geschichte hat Wilhelm Grimm nicht abgeschrieben: »Nicht zu fett und nicht zu mager! So gedeiht alles am Besten.« (Quelle: Mussäus, Johann Jacob Nathanael: Mecklenburgische Volksmärchen, in: Jahrbücher des Vereins für mecklenburgische Geschichte und Altertumskunde, Jg. 5, Schwerin 1840, S. 77–78)
Dafür hat er eine attraktivere Variante gefunden und besser einzuarbeiten verstanden: »So gehts wenn man kein Maß hält.«

1 Grimm, Jacob und Wilhelm: Kinder- und Hausmärchen. Große Ausgabe, 4. Auflage, Bd. 2, Berlin 1840, Dieterichische Buchhandlung. Die hier wiedergegebene Urfassung der Grimms fand erstmals 1840 Eingang in die Märchensammlung.

Seit 1815 – KHM 209

❧ Die himmlische Hochzeit

Die Geschichte der himmlischen Hochzeit stammt nach Angaben der Grimms aus dem Mecklenburgischen. Sie ist aber auch im Münsterland bekannt. Darüber hinaus gibt es eine interessante Parallele zu einer indischen Sage von einem Götterbild. Auch dieses isst, was ein unschuldiger Junge ihm vorsetzt. (Quelle: Grimm, Jacob und Wilhelm: Kinder und Hausmärchen. Große Ausgabe, Bd. 3, Göttingen 1856, Anmerkungen zur Kinderlegende Nr. 9)

1 Grimm, Jacob und Wilhelm: Kinder- und Hausmärchen. Große Ausgabe, 1. Auflage, Bd. 2, Berlin 1815, Realschulbuchhandlung. Dort wurde die hier wiedergegebene Urfassung erstmals bei den Grimms veröffentlicht und zwar als Nr. 121. Das Märchen wurde

aber schon in der 2. Auflage 1819 gegen ein neues ausgetauscht und »Die himmlische Hochzeit« als 9. Kinderlegende unter der heutigen KHM-Nr. 209 geführt.

Anmerkungen zu den Sammlern und zum Verleger

Georg Friedrich Fallenstein

1 Handbuch zu den »Kinder- und Hausmärchen« der Brüder Grimm, Berlin, New York 2010, S. 161: Nach einem Hinweis von Dr. Susanne Hose soll es sich bei »Häsichenbraut« um ein Dialektmärchen aus dem Brandenburgischen Buckow bei Beeskow handeln. Dr. Hose ist seit 1992 Volkskundlerin am Sorbischen Institut Bautzen e. V.

2 Breslau, Ralf: Der Nachlass der Brüder Grimm, Katalog: Bd. 2, Wiesbaden 1997, S. 277 und 401

3 Breslau, Ralf: Der Nachlass der Brüder Grimm, Katalog: Bd. 2, Wiesbaden 1997, S. 277, 401, 412 f.

4 Gervinus, Georg Gottfried: Georg Friedrich Fallenstein. Erinnerungsblätter für Verwandte und Freunde, Heidelberg 1854

5 Fallenstein, Georg Friedrich: Zur Verteidigung des Professors G. G. Gervinus wieder gegen die gegen ihn erhobene Anklage, Frankfurt a. M. 1853

6 Gervinus, Georg Gottfried: Georg Friedrich Fallenstein. Erinnerungsblätter für Verwandte und Freunde, Heidelberg 1854

7 Gervinus, Georg Gottfried: Georg Friedrich Fallenstein. Erinnerungsblätter für Verwandte und Freunde, Heidelberg 1854

8 Baumgarten, Eduard: Max Weber, Wort und Werk, Tübingen 1964, S. 80

August Franz von Haxthausen

1 Der Begriff Drost kennzeichnet seit dem späten Mittelalter vor allem in Nordwestdeutschland, am Niederrhein und in Westfalen, in Ostfriesland, aber auch in Mecklenburg und in den Niederlanden einen Beamten, der für einen definierten Verwaltungsbezirk

in militärischer, jurisdiktioneller und polizeilicher Beziehung die Stelle des Landesherrn vertrat. Die Funktion ist in etwa mit dem Amtmann, Amtshauptmann, Regierungspräsidenten oder Landrat vergleichbar.

2 heute Technische Universität Clausthal

Johann Jacob Nathanael Mussäus

1 http://matrikel.uni-rostock.de/index.php?sid=10760, abgerufen am 16. April 2011
2 Vitense, Otto: Mecklenburg und die Mecklenburger. 1813–1815, Neubrandenburg 1913. Onlineversion Volltextbibliothek Lexikus
3 Freimüthiges Abendblatt 1839, Nr. 1058, S. 292
4 Großherzoglich-Mecklenburg-Schwerinscher Staatskalender 1819
5 Freimüthiges Abendblatt 1839, Nr. 1070, S. 539
6 Lisch, Friedrich: Nachruf für Johann Jacob Mussäus, in: Jahrbücher des Vereins für mecklenburgische Geschichte und Altertumskunde, Bd. 5, 1840, S. 74
7 Dähnert, Johann, Carl: Plattdeutsches Wörterbuch nach der alten pommerschen und rügenschen Mundart. Stralsund 1781
8 Lisch, Friedrich: Nachruf für Johann Jacob Mussäus, in: Jahrbücher des Vereins für mecklenburgische Geschichte und Altertumskunde, Bd. 5, 1840, S. 74
9 Lisch, Friedrich: Nachruf für Johann Jacob Mussäus, in: Jahrbücher des Vereins für mecklenburgische Geschichte und Altertumskunde, Bd. 5, 1840, S. 74
10 Lisch, Friedrich: Nachruf für Johann Jacob Mussäus, in: Jahrbücher des Vereins für mecklenburgische Geschichte und Altertumskunde, Bd. 5, 1840, S. 74
11 Jahrbücher des Vereins für mecklenburgische Geschichte und Altertumskunde, Bd. 5, 1840, S. 101–119

Philipp Otto Runge

1 Runge, Philipp Otto: Hinterlassene Schriften, Bd. 1, Hamburg 1840, S. 429 ff.
2 Schmidt, Wolfgang/Kirchner, Martin: Mecklenburg-Vorpommern, Bild-Atlas 240, 2008, S. 96

3 Goethe, Johann Wolfgang von: Faust. Erster Teil, Stuttgart 1867, S. 177
4 Runge, Philipp Otto/ Koeppen, Wolfgang: Von dem Machandelboom: Ein Märchen nach Philipp Otto Runge. Mit einer Nacherzählung und einem Nachwort von Wolfgang Koeppen. Frankfurt am Main 1987. Insel-Bücherei 1036
5 Runge, Philipp Otto/Johnson, Uwe: Von dem Fischer un syner Fru: Ein Märchen nach Philipp Otto Runge. Mit einer Nacherzählung und einem Nachwort von Uwe Johnson. Frankfurt am Main 1987. Insel-Bücherei 1075
6 Schröter, Tom: Dem Urahnen auf der Spur, in: Ostseezeitung vom 11.09.2010

Hans Rudolf von Schröter

1 König, Christoph (Hrsg.): Internationales Germanistenlexikon 1800–1950, Bd. 1. Berlin, New York. S. 132
2 Allgemein- und philosophische Bildung
3 1760 war die Universität Rostock in eine rätliche Uni in Rostock und eine fürstliche Uni in Bützow geteilt (gespalten) worden. Der Zustand hielt bis 1789 an.
4 Arithmetik und Geometrie
5 Gemeint ist der souveräne Malteserorden. Ab 1857 war August von Haxthausen die treibende Kraft für die Wiedergründung des Malteserordens in Deutschland. Als Beauftragter des Heiligen Stuhls führte er jahrzehntelange, zähe Verhandlungen mit der Regierung von Preußen, die 1859 zur Gründung der Genossenschaft der Rheinisch-Westfälischen Malteser Devotionsritter und 1867 zur Gründung des Vereins Schlesischer Malteserritter führten.

Georg Andreas Reimer

1 Reimer, Doris: Passion und Kalkül, Berlin New York 1999, S. 368
2 Reimer, Doris: Passion und Kalkül, Berlin New York 1999, S. 370

Bildnachweis

Borth, Helmut 139, 142, 147, 151, 155, 163, 165 (Repro)
www.kaesler-soziologie.de/max.html 125
www.wikipedia.de 6, 134, 149

Zum Autor

Helmut Borth wurde am 17. Juni 1960 in Neubrandenburg geboren. Er ist ausgebildeter Journalist und seit 1979 in diesem Beruf tätig, zuerst bei der »Freien Erde«, dann beim »Nordkurier« und zuletzt beim »Anzeigenkurier«. 2008 ging er als freier Journalist und Autor in die Selbstständigkeit.

Sein Interesse gilt seit frühester Jugend der Regionalgeschichte von Mecklenburg-Strelitz und der Uckermark. Anspruch des Autors ist es, Geschichte mit journalistischer Gründlichkeit unterhaltsam zu vermitteln und so Interesse auf mehr Geschichten aus der Geschichte bei seinen Lesern zu wecken. Bisher von Helmut Borth erschienen: »Stegelitz – Geschichte(n) aus der Uckermark« (1994); »Wo Könige als Götter herrschten – Ruinen von Ayutthaya« (Essay, 2000); »Schlösser, die am Wege liegen« (2001, 2004); »Belvedere und andere schöne Aussichten« (2003); »Die Vierrademühle – Geschichten von Schrot und Korn« (2005); »Zwischen Fürstenschloss und Zahrenhof« (2006); »Tödliche Geheimnisse – Das Fürstenhaus Mecklenburg-Strelitz, Ende ohne Glanz und Gloria« (2007); »Eine kleine Torschreiberei« (2008); »Von Fürstenhof und Fürstenkeller. Ein besonderes Hausbuch« (2010), »Herzoghaus Mecklenburg-Strelitz« (2011), »Reiseführer Königliches Mecklenburg-Vorpommern« (2012), »Grimms Märchen aus Berlin und Brandenburg« (2012), »Fürstliche Hofküche des großherzoglichen Hauses Mecklenburg-Strelitz« (2012).

Helmut Borth

Grimms Märchen aus Berlin und Brandenburg

ISBN 978-3-941683-17-4, 14,95 Euro

Es gibt sie, die Kinder- und Hausmärchen der berühmten Sammlung der Brüder Jacob und Wilhelm Grimm mit Wurzeln in Berlin und Brandenburg. Viele sind bereits in Vergessenheit geraten. Herausgeber Helmut Borth hat sie ausfindig gemacht, die märkischen Spuren ermittelt und sie neu aufgenommen. Darüber hinaus gibt er Informationen zu den ursprünglichen Märchenerzählern und Herausgebern.

Von den
Fischen
in der
Ostsee
Illustrationen von Werner Schinko
Sagen, Märchen und Geschichten
aus Mecklenburg-Vorpommern

Lars Franke
Spuk
geschichten
aus Mecklenburg-
Vorpommern

Die Deutsche Nationalbibliothek verzeichnet diese Publikation
in der Deutschen Nationalbibliografie;
detaillierte bibliografische Daten sind im Internet über
http://dnb.d-nb.de abrufbar.

2. Auflage 2015

Steffen GmbH, Berliner Allee 38, 13088 Berlin,
Tel.: (030) 41 93 50 14
www.steffen-verlag.de, info@steffen-verlag.de

Gesamtherstellung: Steffen Media | Steffen GmbH
Mühlenstraße 72, 17098 Friedland
www.steffen-media.de

ISBN 978-3-941683-64-8

Lars Franke

Auf den Spuren alter Klostersagen
von der Niederlausitz über Berlin bis Rügen

ISBN 978-3-942477-59-8, 12,95 Euro

Stralsund und Chorin, Lindow und Rehna, sie alle gehören zu den Klöstern, in denen gewaltige Schätze, geheimnisvolle Nonnen und habgierige Mönche zuhause waren. In der Klosterruine Eldena bei Greifswald soll ein Mönch herumspuken. Und wer ist die geheimnisvolle Nonne, die zu mitternächtlicher Stunde in der Klosterkirche zu Mühlberg an der Elbe die Orgel schlagen soll? Diese meisterhafte Sagensammlung ist ein Kleinod zum Lesen, Vorlesen, Nacherzählen und zum Reisen.